探し屋・安倍保明の妖しい事件簿

真山 空

STARTS
スターツ出版株式会社

この世は、目に見えるものがすべてだ。
それこそが普通であり、絶対的に正しい。
だから、自分が見たものを信じてはいけない。自分の目を、信じてはいけない。
普通ではない自分だけは、決して信じてはいけない。

そうやって、どんどん嘘を積み重ねていく中で、俺はアイツと出会った。
人をウソツキと呼んではばからない、失礼かつ不思議な男に。
偶然だったと俺が言えば、いや縁だと奴は笑う。
たしかに、奴との出会いからこれまでを思い返せば、腐れ縁もいいところだ。

せっかくだから、ここからは真実のみを語ろう。
——これは俺が自分の嘘と向き合い、俺たちが失った真実を追いかけるまでの話だ。

目次

探し屋・安倍保明の妖しい事件簿

序

——家に続く坂道を歩いていた。

夕焼けに照らされた道はやけに赤く、子どもの俺にはそれが少し怖くて、いつもは駆け抜けていたけれど——その日は母が一緒にいた。

だから、俺は急ぐことも怖がることもなく、母に手を引かれながら、上機嫌で坂道をのぼっていた。おきつね様の神社に立ち寄ったあと、家に帰る途中だったのだ。

「小太郎《こたろう》は、おきつね様になにをお願いしたの？」

「んーとね、きょうのごはんも、あしたのごはんも、おいなりがいいですって！」

「ふふ、小太郎は本当にいなり寿司が好きだね」

それは、なんの変哲《へんてつ》もない日常の一コマだった。

坂をのぼりきった時、不意に母が俺の手を離すまでは。

「……小太郎、母ちゃんがおまじないをしてあげる」

「おまじない……？」

「そう」

沈む太陽を背負った母が、この時どんな顔をしていたのか……俺にはわからない。

「悪いものから、小太郎を守ってくれるおまじないだよ」

笑っていたのか、あるいは悲しそうな顔をしていたのかも、記憶にない。

もしかしたら、まったく別の顔をのぞかせていたのかもしれないが……なにひとつ、正確なことは思い出せないのだ。

「悪いものには、近づいちゃいけないよ」

「うん。おれ、知らない人にはついてかない」

子どもの認識で〝悪いもの〟というのは、甘い言葉をかけて連れて行こうとする不審者だった。常日頃から気をつけるようにと言い含められていたから「大丈夫」と胸を張る俺に、母は首を横に振る。

「知っている人でも、悪いものを持っている人には、近づいたらいけない。約束できるね？」

「んー……うん……」

よくわからないまま、母から差し出された小指に自分の小指を絡め、約束をした。

「はい、指切った――」

そして顔を上げた時、俺が目にしたのは――人間ではない、〝なにか〟だった。

けれど、そんな普通ではないことを、俺はきれいさっぱり忘れ去っていた。

あの嫌味で風変わりな男に出会うまでは、俺の記憶は矛盾《むじゅん》とつじつま合わせで成り立つ、嘘に憑《つ》かれた世界だったのだ。

一　消えた友達

晴れて大学一年生になった四月のこと。五月のゴールデンウィークに向けて周囲が盛り上がっている中、ひとりついていけずにいたある日——俺が、その店に入ったのは、ただの偶然にすぎない。

特に有名なわけではないし、行列ができていたわけでもない。

大学の講義が休講になり、次のコマまで暇を持て余してぷらぷらと道を歩いていると、たまたま目に入ったのだ。木製の看板を掲《かか》げた和風の店構えを目にして、なにげなく足がそっちに向いただけ——。

【茶房 春夏冬】

(茶房……はる、なつ、ふゆ……なんて読むんだったかな、これ)

ああ、そうだ。

秋だけないから、あきなしだ。

——ちりん。

そんなことを考えながら引き戸を流せば高く澄んだ音がして、店内にいたふたりが、いっせいに俺の方を見た。

ひとりは、カウンターの中にいて、この店の店長だろう初老の男。

もうひとりは、二十歳くらいの若い男で、カウンターの一番奥のイスに腰かけ悠然《ゆうぜん》と足を組んでいた。

ふたりから、そろって観察するような視線を向けられ、初めは一見《いちげん》さんお断りの店なのかと身構えたが、カウンターの中の初老の男がにこやかに「いらっしゃいませ」と促してくれたので、俺はぺこりと一礼して中に入る。

「……君の客だな、店主」

「はい」

気安い会話から、俺は不躾《ぶしつけ》な視線を向けてきた若い男はこの店の常連だと察した。

パッと見、芸能人かと思うような華やいだ容姿の男だが、ずいぶん感じが悪い。

俺が、わざわざ奴とはだいぶ距離をあけ、反対側の端に腰を落ち着けたというのに、珍獣《ちんじゅう》でも目にしたかのようにこっちを見てくる。

店内は清潔で明るいのに、客はコイツ以外いない。常連が店を悪くしているパターンだと思った俺は、その変な男の視線を無視しようとした。

だが、あまりに無遠慮にじろじろ見てくるので、つい我慢できなくなり、面と向かって言ってしまったのだ。

「俺の顔に、なにかついてますか?」

不機嫌なのを隠しもせずに発した声だったから、当然愛想の欠片《かけら》もない低い声だ。

それなのに、男の反応は予想と違っていた。

腹を立てるなりすれば、まだわかりやすい。なのに、男は俺がそんな反応をすると思っていなかったのか、不思議そうにこちらを凝視《ぎょうし》した。

その後……感情がまったく読み取れない、微《かす》かな笑みを滲《にじ》ませた顔で言ったのだ。

「君、どうしてこの店に入ったんだい？」

「……は？」

「若い男がひとりで来るのは、珍しいから」

自分だって若い男だろうと思いつつ、俺はたまたま目に入ったからだと正直に告げた。

「たまたま……そうか、たまたま偶然、君の目に入ったのか」

「なんですか、いったい」

「──鈴の音は、聞こえたかい？」

言われて、高く澄んだ音が鳴ったことを思い出す。

「あの音……鈴だったんですか。きれいな音でしたね」

「…………」

褒め言葉だったのに、馴れ馴れしく話しかけてきた男は、喉に魚の小骨でも引っかかったような顔で黙ってしまった。

「……あの？」

「君は……」

「なんですか？」

「……いや、失礼。てっきり僕は、アルバイト募集の件を聞きつけて店に来たのだと思ったんだ。なにせ、男のひとり客は珍しいから」

ここは、妙齢《みょうれい》のご婦人方が多いのだと男は言う。

やけにかっこつけた言い回しをする奴だ。下手をすれば滑稽でしかないのに、この男は違和感を抱かせない。変な奴だと思いつつ、俺は男が口にした『アルバイト募集』という言葉が気になった。

「……それ、細かい要項《ようこう》あるんですか？」

「いいや。店主、あの貼り紙は、もう掲示《けいじ》したのか？」

「まだですよ。このとおり、静かな店ですからね、もちろん経験者は歓迎しますが、未経験でも問題はありません」

「だ、そうだが？」

自分でも、なぜこうして食いついたのか、わからない。

ただ、俺はこの時、どうしてもこの店だという衝動とこだわりに突き動かされた。

それまでは、喫茶店になんて興味なかったはずなのに、気づけば口が勝手に動いていたのだから。

「ぜひとも、ここで働かせてください……！」

突然の申し出にもかかわらず、初老の男はにこやかに「それでは、あとで履歴書《りれきしょ》を持ってきてください」と言い、不躾な男は物好きだなと俺を見て笑った。

いきなり雇ってくれなんて言いだす奴、不採用確定だろうと思っていたが、一日もしないうちに返事が来て、俺はその店――『茶房《さぼう》・春夏冬《あきなし》』のアルバイト店員として採用された。

俺が入るまで店長ひとりで店を回していたのだと知ったのは、初出勤の日。

そして、あの失礼男が、常連は常連でも、かなりモンスターな部類に入ると知ったのも初出勤してからの話だ。

温和な店長と、毎度顔を出す嫌味な美形。

それが、春夏冬の日常だった。

――奇妙なお客さんが訪れた、あの日までは。

◆◆◆

「おや、掃除かい？　それなら、〝水〟に注意したまえよ、狐《きつね》」

木製の看板に味のある文字で『茶房　春夏冬』と描かれた店先。箒《ほうき》を手にして中腰になっていた俺は、スカした声に顔を上げた。

「……おはようございます、安倍《あべ》さん」

内心、また来やがったと思いつつも客商売だ、きちんと挨拶はする。

「おはよう、狐。今日も貧乏くさいしかめっ面だね」

明るい色の髪をかき上げ、余裕たっぷりに笑う男の名前は、安倍保明《やすあき》。外国の血が混じっているのか、背が高くて脚が長い上、彫りの深い整った顔立ちをしている、店の常連客だ。

毎度、開店時間よりも前にふらりと現れ長時間居座るコイツの素性は、謎の一言に尽きる。どういう仕事をしているのかも不明だが、別に聞きたいとも思わない。

なにせ安倍という男は、アルバイト店員である俺に対し、ことあるごとに嫌味を言ってくる、面倒くさい相手でもあるのだから。

「俺の名前は狐じゃなくて、稲成《いねなり》です。稲成小太郎。お願いですから、狐と呼ぶのはやめてください」

毎回言っているだろうが、と心の中で付け足す。客商売だから言葉を選んでいるというのに、当の失礼極まりない男は、少しも悪びれない。

「狐を狐と呼んで、なにが悪い？　君は立派な狐顔じゃないか」

「……は？」

立派な狐顔とは、どんな顔だ？　一瞬そんなことを思ったが、反応すれば安倍の思うツボだ。俺は、早々にこのバカげた試合を放棄すると決めた。

「えーと……なにをしているんですか？　まだ、開店前なんですけど？」

努めて感情を押し殺し、精一杯丁寧な言葉でコイツの非常識な行動をたしなめる。

今の時刻は午前十時半。開店時間の十一時までには、あと三十分もある。

「ああ、知っているよ」

俺が話を流したことなど気にも留めず、そして必死の訴えもスルーし、安倍は爽やかに笑った。

そして、まるで勝手知ったる我が家のように、店の引き戸に手をかける。

「ちょ、ちょっと！　だから、まだ開店前だって……！」

「かまわない、かまわない」

慌てて制止しようとした俺に、安倍は軽やかに手を振ってみせたかと思うと、ためらいなく店の中へ続く戸を開けてしまった。

「アンタはかまわなくても、こっちはかまうんですよ！」

俺は迷惑な常連客の後ろ姿に向かって叫んだのだが、その拍子に箒を取り落としてしまい、慌てて拾い上げる。

（本当に、人の話を聞かない奴だな！）

その時、早く奴のあとを追わなければと焦る俺の前を、車が通過した。

——ばしゃ。

「…………」

昨日の夜に降った雨でできた水たまり。そこを、車が減速せず通ったせいで思いきり水をかぶるはめになった。

「……この野郎っ、徐行運転しろよな、チクショウ……！」

通りすがりに水をかけておいて、まったく気にせず遠ざかる車に向かって、俺は悪《あく》態《たい》をつく。

これには、客である安倍に強く言えない分の八つ当たりも含まれていたが、むなしい冷たいしで気分は少しも晴れなかった。

「クソ、眼鏡まで濡れたじゃねーか……！」

素早く眼鏡を外し、レンズをぬぐう。すると、今度はポタポタと滴をたらす髪の毛が気になり、ぶるぶると頭を振って水気を払った。

一連の動作を終えたところで、あの迷惑な常連客が顔を合わせるやいなや放った言葉を思い出す。

『〝水〟に注意したまえよ』

安倍は、間違いなく俺に向かってそう言った。

そして今、俺は車が跳ね上げた水をかぶって、濡れネズミだ。

「……はは、まさか」

予知かと思うような言動だが、普通はありえない。俺は、浮かんだ考えを即座に否定した。

(バカバカしい、ただの偶然だろ……)

安倍保明は、迷惑な常連客だ。けれど、時々妙なことを……それこそ、予言めいたことを口にする。

そう、なにもこれが初めてではなかった。

あれは、働き始めて一週間経った日のことだ。俺は、急な買い出しを頼まれた。

その時、窓から見える快晴の空を指さし『傘を持っていけ』と言いだしたのは、あの男。

晴れていたし、十分もかからず帰ってこられる距離だったから、俺は気にせず飛び出したのだが……帰り道は、バケツをひっくり返したような土砂降りになり、店に戻る頃にはずぶ濡れ。

全身から水をしたたらせた俺が見たのは『だから言ったのに』と勝ち誇った笑みを浮かべた安倍で……。

(思えば、あの時からだな……安倍が、やたらと俺に絡んでくるようになったのは)

それまでは、若干嫌味で言動が鼻につくものの、様子をうかがうように一歩引いて俺を見ているだけだったのに。

いったい、なにが原因で奴の関心を引いたのかは不明だが、迷惑な話だ。

ここ、春夏冬で働くようになって三週間が経ち、暦《こよみ》は五月になった。

けれど、四月の終わり、通り雨に降られたあの日を境に、俺は安倍保明という非常識な常連客に振り回されっぱなしな気がする。

（あー、冷たい。それもこれもアイツのせいだ！）

水をかけられた俺が、ほうほうの体で店の中に入ると、安倍は営業時間前だというのに、いつもの席で優雅にくつろいでいた。

濡れている俺を見て、器用に片眉を上げる。

「呆れたな。せっかく僕が忠告してやったのに、無駄にするなんて」

「……誰のせいだと思っているんですか」

まだ店が開いていないのに、勝手に中に入ったお前のせいだろうと恨《うら》めしい思いで目を細めると、安倍はひょいっと肩をすくめた。

「ありがたい忠告を活かせない、無能な狐のせいだろう」

他の人間、例えば俺なんかがやっても噴飯《ふんぱん》もので終わるのが関の山な仕草だ。なのに、この男がやると海外ドラマのワンシーンのように決まって見えるのが、また腹立たしい。

「稲成くん、開店準備の方は大丈夫ですから、着替えた方がいいですよ。タオルも遠慮しないで使ってください。……それと保明さん、あまり彼をいじめないでくれませんか？」

カウンターの中にいた店長が、やわらかい口調で間に入ってくれた。

開店時間前に来て図々しく席に着いている迷惑客のために、店長は紅茶を用意していたようで、カウンターの一番端……奴の指定席の前には、湯気の立つティーカップが置かれている。

「いじめてなどいないぞ、店主。心外だ。僕は、この見るからに、しみったれた雰囲気の狐の運が少しでも上向くようにと、真心込めたアドバイスをしてやっているんじゃないか」

当然のように紅茶を飲む安倍は、やっぱりふてぶてしい。

店長は、物腰が穏やかで紳士的な白髪頭の初老男性だ。いくら常連だとしても、年長者にはこうまで強気に出られないのが普通だろうに。

(信じられないくらい、図太い奴だ)

俺の表情は、傍目にも明らかなほど苦々しいものだったらしく、こっちを見た店長が苦笑した。そして、はやく着替えてきなさいと口だけ動かす。

安倍の意識が紅茶に向いているうちに、とても接客できる状態ではない顔と格好をどうにかしてこいという意味に違いない。

開店前に客を中に入れてしまう失態《しったい》もあったので俺は素早く頭を下げると、元凶《げんきょう》である安倍が奏でる調子外れの鼻歌を背に、そそくさと店の奥へ引っ込んだ。

予備の制服に着替えて店に出ると、ちょうど店の扉が横に動く。

ここ春夏冬は和と洋が入り交じった、いわゆる和モダンな造りの店だ。黒格子がはめ込まれた引き戸が、滑らかにスライドするのを目で追っていると、鈴が軽やかな音を鳴らす。澄んだ音は、高い吹き抜け天井のおかげかよく響く。

「いらっしゃいま、せ……」

本日最初の――もちろん、営業時間前に押し入った常連は抜きだ――お客様だ。

俺は元気よく挨拶をしようとしたのだが、意外すぎるお客様の姿に、途中で声が途切れてしまう。

「……あ、あの」

和風な引き戸に手をかけたまま、もじもじしている本日のお客様第一号は……緊張からか、頬を真っ赤にした子どもだった。

「あ～……えっと、いらっしゃいませ」

気を取り直し近づくと、子どもはびくっと肩をすくめ、オロオロと視線をさまよわせる。見たところ、五歳くらいか。

「今日は、ひとり……かな？」

いつまでも親が出てこないなと不思議に思いながら、しゃがみ込んでたずねた。

すると、子どもは俺の顔をまじまじと見上げたあと、こくりと頷く。

「誰か、大人の人は一緒じゃない？」

「お、おれ、ひとり」

たどたどしくも、はっきりと子どもは「ひとりで来た」と宣言した。

まだ小さい……小学生にもなっていないだろう子が、わざわざひとりでお茶を飲みに来るだろうか？

（もしかして、迷子か……？）

とっさにそう考え、後ろを振り返り店長の判断を仰ごうとした。そんな俺の袖を、つんと小さな手が引っ張る。

「ん？　どうした？」

大学の友人曰《いわ》く、俺はうさんくさい顔立ちらしい。笑顔でも、奥の細い目がまったく笑っていないなどと、失礼なことを言われた記憶がある。あの友人は『童話とかで人を騙す、悪い狐みたいだな！』などと抜かしていた。

思い出すと腹が立ってきたが、不安そうな子どもの前だ。なるべくこの子を怖がらせないようにと注意を払いながら笑いかけると、子どもは再び俺の顔をじっと見上げてくる。

「……あ、あの」

「うん？」

「あの、な、……友達、さがしてほしいんじゃ」

「え？」

　俺の声は、よっぽど間抜けに聞こえたらしい。子どもは焦《じ》れたように地団駄《じだんだ》を踏み、繰り返した。

「おれの友達、さがしてほしいんじゃ！　どこにもおらんけ、さがしてくれ！」

「待て待て待て！」

　身を乗り出し、すがりつく勢いで言い募られ、俺は慌てて子どもを押しとどめる。

「友達が、いない？　ケンカでもした？」

「しとらん！　なのに、きのうもおとといも、いつもの場所に、おらんかった……」

　大きな目に、じわりと涙がたまっていく。

「わわっ、泣くな……！　あのな、そういうことは、まずお父さんとお母さんに相談しような？　それから、警察に――」

　俺の言葉は、最後まで続かなかった。

「お父もお母も、おれにはおらん！　けいさつっちゅうのは、わからん！」

ぶん、と大きく振った腕が、俺の眼鏡に当たる。

ちょっとずれたので直そうと子どもから距離を取った瞬間、俺は〝見てはいけないもの〟を見てしまった。

子どもの小さな影。その頭の部分から、ぴょこんと二本の影が突き出ていたのだ。

まるで、角のように。

「ぁ、ご、ごめんな、兄ちゃん……！　いたかったか……!?」

〝それ〟がなんなのか、子どもの姿を直に見て確認することもなく、俺は無言で眼鏡を戻す。沈黙を不安に思ったのか、子どもは慌てたように、また取りすがってきた。

「──っ」

ぎくりと体が強張り、無意識に逃げるように立ちあがってしまう。

「……だ、大丈夫、なんともない。眼鏡にちょっと、当たっただけ。君の方は痛くなかったか？」

触られぬよう避けたことへの後ろめたさから、取ってつけたように気遣う言葉が口から出たが、子どもは気がつかない。

「おう！　おれは、強いからの！」

俺がなんともないと知ると、子どもはパッと八重歯を見せて無邪気に笑った。

眼鏡をかけて見ると、その頭に不自然な突起は見当たらない。

（じゃあ……やっぱり、あれは……）

一瞬で判断したとおり……〝普通は見えるはずがないもの〟だろう。そう再確認した途端、胸の奥が冷えていく。

（――なにも見ていない、見えるはずがない）

俺は心の中で呪文《じゅもん》のように繰り返し、今度は中腰で子どもに話しかけた。

「でも、ごめんな、坊や。ここは、お茶を飲んだりお菓子を食べたりするところで、人捜しはしていないんだよ」

「え？　でも、表に……」

不意を突かれたような顔をした子どもは、うつむきもごもごと何事か唱えた。

いったい、どうしてただの喫茶店に人捜しを頼もうなんて思いついたのか――不思議がっていた俺のすぐ後ろで、声がする。

「どきたまえ、狐。彼は、僕のお客だよ」

「うわっ！」

びっくりして飛び退《の》く俺をうるさげに見たのは、さっきまで定位置に座っていた安倍だった。足音ひとつ立てず、いつの間にか近づいてきたらしい。

「この店員が不躾な対応をして悪かったね。彼は、まだ入ったばかりの新入りだから、もののイロハがわからんのさ。中へどうぞ、君の話を詳しく聞かせてくれたまえ」

そう言って、俺よりも断然人当たりのよい笑顔を浮かべた安倍に、子どもはホッと一安心するかと思いきや、「ぴゃっ!」と悲鳴を上げて、なぜか俺の足にしがみついた。

意外な反応に目を丸くしていたのは俺だけで、店長はもちろん当の安倍まで苦笑している。まるで、いつものことだというように。

(……老若男女《ろうにゃくなんにょ》に好かれそうな、きれーな顔してんのに、意外だな)

まさか、子どもに怖がられるタイプだったとは……と、安倍を見やる。すると、奴はなぜか真顔で俺を凝視していた。

「………」

「な、なんですか?」

「……狐なだけに、好かれるんだな」

「はい? 意味がわかりません、狐とか今関係ありますか?」

子どもが好きな動物で、狐がダントツ人気なんて聞いたことがない。そもそも、狐なんてのは、この男が勝手に呼んでいるだけの、不本意なあだ名だ。初対面である子どもが知るはずない。

この子に人見知りされたショックで、どっかネジが抜けたのだろうか?

俺は少しだけ心配になったが、安倍はすぐさまニコリとさっきと同じ笑みを浮かべて見せた。

「狐、お客人を席までお連れしろ」

「……は？」

「彼は、君の足がお気に召したようだからな」

言われて視線を下に落とすと、赤い頬の子どもが、俺の足にコアラのようにしがみついたままプルプル震えている。

「あ、あの、離れてもらっても……」

「っ！」

びくっと大げさなまでに肩を跳ねさせ、子どもは世界の終わりに直面したような涙目で、ぶんぶんと首を横に振った。

（……そこまで安倍が怖いのか？）

さっきの様子からして、人見知りというほどでもない気がしたのだが、この怖がりようは、どうしたことだろう。

今にも泣きだしそうな小さな子を、無理やり引っぺがしたりもできない。安倍に従うのは癪《しゃく》だが、ここは言うとおりにせざるをえないと感じ、俺は「行こう」と子どもを促した。

「に、兄ちゃんも、おる？」

「え？」

「お、おれ、強い！　じゃけんど、兄ちゃんが、ど……どうしてもって言うなら、い、いっしょにいても、いいぞ……？」

どうしたらいいのだと迷っている間に、安倍はいつものカウンターではなく、一番奥のボックス席に移動していた。

「狐、早くしたまえ」

偉そうに呼びつけられ眉間にしわが寄る俺だったが、子どもは、まるで親に怒られたかのように、ひゅっと亀のように首をすくませ震えている。

「……あ〜」

これはちょっと、放っておけないかもしれない。

ちらりと店長を見れば、温和《おんわ》な笑みで頷いてくれたので、俺はようやく覚悟を決め、足に子どもをひっつかせたまま、ずるずるとボックス席まで移動した。

これまで誰も座っているのを見たことがない、一番奥のボックス席へ。

長イスの上に、赤い丸座布団が敷かれているボックス席。

安倍とは向かいあう形で反対側に座った子どもは、俺の服の端を握り離さない。それどころか、ぐいぐいと引っ張り、隣に座れと訴えてくる。

一応、席に案内したが、同席するのはまずい。仮にも俺は勤務中だ。

「ちょ、俺、仕事中だから――」

なんとか断ろうとしたが、横槍が入る。

「かまわないよ。お客人がよしとするなら、狐もここにいるといい」

目を細め、口元をわずかにつり上げた安倍だった。

お前が決めるなと思い、俺は店長に助けてくれと視線を向けたが、返ってきたのはまぶしい笑顔と力強い頷き。

（いやいや、冗談じゃねーよ！　コイツと一緒とか、絶対嫌なんだが……！）

なにせ安倍ときたら、目が怖い。笑っているように見えるが――よく見ると、目はまったく笑っていないのだ。さらには品定めでもするような視線を、俺にじっと注いでくる。

（おい待て、なぜ俺だ）

不審がるのは、子どもの頼み事の方だろう。友達が消えたなんて相談事をここに持ち込んだこともだが、両親がいないというのも引っかかる。

頼れる大人が誰もいない状況で、この子はどうしてこの店を選んだのだろうか？

「縁《えん》だよ、狐」

「すべては縁によって繋がる。求めるものがあり、乞《こ》う思いが強ければ、縁を辿って
ここに来るのさ」
頬杖をついた安倍は、人の心を見透かすような眼差しをこちらに向け、意味不明な
ことを滔々《とうとう》と語った。
ぽかんとした俺の顔が面白かったのか、安倍はひとしきり語り終えたあとで噴き出
す。
「……え？」
「わからないという顔だ。単純なことだろう。ここは、そういう店なのさ。……君が
あの日、この店に来たのと同じことだ」
やっぱり、わからない。
俺がこの店を訪れたのは、偶然だ。ぶらぶら散歩していて――たまたま目に入った
のが、この店だった。
特別な理由なんてない。ただ、それだけのことなのに、さもなにかあるような含み
のある言いかたをされると、答えのない謎かけを前にしたような嫌な気分になり、俺
は思わず顔をしかめてしまう。
けれど、安倍はその反応は想定内だというように、静かに笑っただけだ。
「お待たせしました。ほうじ茶ラテでございます」

ちょうどいいタイミングで、店長が飲み物をふたつ運んできた。

「あっ、すみません店長……！　俺が——」

「大丈夫ですよ。稲成くんは、その子についていてあげてください」

腰を浮かしかけた俺の手を、がっちりと握っているぷくぷくとした小さな手。横に視線を動かせば、相も変わらずの涙目が、どこにも行くなと訴えかけてくる。

「兄ちゃん……」

俺をすがるように見ている子ども。

この子から不用意に離れたりしたら、今度こそ大泣きしそうだ。諦めて俺が座り直すと、子どもは安心したように、息を吐いた。

「えっと……これ、のんでええのか？」

「はい。どうぞ。熱いから、気をつけて」

「……あ、でも……おれ、あんまりお金、もっとらん……」

しゅんとした子どもに、店長は笑顔で首を振った。

「大丈夫。相談事にいらしたお客様には、サービスです」

その一言に、子どもは嬉しそうな声を上げる。

「ありがとうのう、じいちゃん！」

「いいえ。稲成くんも、気にしないで飲みなさい。……それでは、ごゆっくり」

「俺の分まで、申し訳ないです……」

恐縮する俺にも笑顔で首を横に振った店長は、一礼してカウンターの中へ戻っていく。ほうじ茶ラテからは、あたたかい湯気が立ち上り、それにのって香ばしい匂いがふわりと広がった。

「いい匂いじゃな〜」

「熱いから、気をつけろよ」

「おう！」

ふーふーとカップに息を吹きかけた子どもは、こくりと一口飲む。

安倍を前にして、ずっとビクビクしていた子どもから、ようやく力が抜けた。ほんのりと舌に残るハチミツの甘さが、緊張をほぐすのに一役かってくれたらしい。

「うまいか？」

「うん！」

「そっか」

どこかほのぼのとした空気が漂い始めた途端、ごほんとこれみよがしな咳払いが聞こえた。ひとりだけ、紅茶を飲んでいた安倍だ。

「そろそろ本題に入ろうか、お客人」

緩みかけた空気が引き締まる。さっきまで怯えていた子どもの背筋も、しゃんと伸びた。

「なにを求めて、ここに来た？」

「……あのな、おれの、だいじな友達が、消えてしもうたんじゃ」

「ふぅん」

気のない相槌《あいづち》に、横で聞いていた俺の方が慌ててしまい、つい口を挟む。

「いや、なんで、そんなにあっさりしてるんです？　子どもが消えたなんて、大事件じゃないですか、早く警察に――」

「おいおい狐、君はお客人の話を聞いていたのかい？　……いったい、いつ子どもが消えたなんて言った？」

いつ？　そう言われて、隣に視線を落とす。安倍の指摘どおりだ。

この子はただ、『自分の友達が消えた』としか言っていない。だが、子どもの友達と言えば子どもと決まっているわけで、俺の解釈はなんらおかしくないだろう。

それなのに、安倍は呆れたと肩をすくめた。

「お客人、消えた君の友人とやらの特徴を、僕たちに教えてもらおうか」

「……背は、高くて……」

「どれくらい？」

「ひっ」

安倍の追求に怯えたように身をすくませた子どもが、俺の腕にしがみつく。

（……嫌われすぎだろう、安倍）

「今、君がしがみついている、その狐くらいかい？」

俺くらいとなると、少なくとも百七十五センチ程度はある。

（いくらなんでも、それはないだろ。子どもだし）

そう思っていたが、横から出てきた答えはとんでもなかった。

「この兄ちゃんよりは、もっとずっと大きいんじゃ」

この子の年齢を五歳くらいと推測していたため、同じ背格好の子どもを想像していた俺は、ぎょっとして叫ぶ。

「まさかの百七十越え!?　おい成長期、仕事しすぎだろ!?」

「うるさいぞ狐、黙れ。では年は？　そこの狐より上か、下か？」

「うんと……ものすごく、長生きしとる」

「今度は、まさかの年上疑惑……！」

これは……あれか？　大きいお友達とかいうやつなのか？

ふたりの話についていけずに、視線を安倍と子どもの間で何度も行き来させる俺は、よっぽど不可解そうな面をしていたのだろう。安倍に鼻で笑われた。

「捜し人が子どもだなんて、彼は一言も言っていない。固定観念にとらわれるのは、やめたまえよ」

「……大きいお友達案件なら、もっとやばくないですかね？」

一応声をひそめて安倍に伝えたのだが、奴はまたしても鼻先で俺を嘲笑《あざわら》った。

「どうやら君の頭は、思っていたよりもずっとガチガチの石頭だったようだ。——店主、このダメ店員を借りるぞ」

「はあ？　なんなんですか、いきなり……！」

「困ったことに、このお客人は君を頼りにしているようだからな。……依頼人に怯えられて話もできないよりは、ガチガチの石頭で固定観念に凝り固まった面倒狐でも、場を和ませる存在がいた方がいい」

「……なに言ってんですか、アンタ？」

不満を漏らす俺に、立ちあがった安倍は、ふんっと笑うと髪をかき上げた。

「感謝したまえ、狐。今日から君に、探し屋の手伝いをさせてやろう」

「ああ？」

ガラの悪い声が出たが、安倍はまったく気にしない。そして、俺の隣に座る子どもも、気にしていない。無邪気に「兄ちゃん、ついてきてくれるのか」と笑うと、両手でカップを持ち、コクコクとほうじ茶ラテを飲んでいる。

心が和みそうになるが、流されてはいけないと俺は気を引き締め、口を開く。

「申し訳ないですけど、俺は——」

「かまいませんよ」

「店長⁉」

俺が断るより先に、ずっと黙っていた店長が柔和《にゅうわ》な笑顔で交渉を成立させてしまった。

「しっかりと、お仕事を頑張ってきてください、稲成くん」

もうすぐ一番客が来る昼時だから、人手が欲しいはずだ。それなのに唯一のバイトを安倍に売った店長は「ここは大丈夫ですから」なんて優しい口調で言う。

だったら、どうして俺を雇ったんですかと聞けなかったのは——安倍の奴に首根っこを掴まれ、ずるずる引きずられたから。

「ではさっそく行こう！　善は急げと言うからね！」

（この野郎、少しでいいから他人の話に聞く耳を持てよ！）

傍若無人《ぼうじゃくぶじん》な安倍の手を払いのけ、自由を取り戻した俺は、内心辟易《へきえき》しながらも店の出入り口に向かう。

からからと戸を横に滑らせ、店先にかけてある暖簾《のれん》を手で押し上げれば、昨夜の雨が嘘のように、からりと晴れた空が視界に広がった。

店内ではどこまでも広がっていきそうなほどによく聞こえた鈴の音は、微かに聞こえただけ。

それだけで、店の中と外には、まるで見えない線でもあるような気分になる。

もっとも、そんなことはありえないから、すべては俺のバカけた思い込みなんだけれど。

「……で？　どこに行こうっていうんですか？」

外に出て、舌打ちしながら振り返る。

着替える暇もなく出てきたから、俺の格好は店の制服のままだ。今日は水をかぶって一着ダメにしているから、シャツの予備は残り何枚だったかと考える。

(どこでなにをさせる気だよ。汚れるのは勘弁なんだけど)

悠然と出てきた安倍を睨めば、奴はまったく堪えた様子もなく、決まっているだろうと胸を張った。

「さあ、お客人。僕たちを、〝いつもの場所〟へ連れて行ってもらおうか！」

「えっ!?」

子どもは飛び上がらんばかりに驚いて、またしても俺の足にしがみついた。

「なっ、なっ、なして……!?」

「なして？　……ああ、どうしてかと問うているのか。愚問《ぐもん》だ。決まっているだろう。それが一番、手っ取り早い捜しかただからだ」

きらりと、安倍の色素の薄い目が日差しを受けてきらめいた。すると、子どもは蛇《へび》に睨まれた蛙《かえる》のように固まってしまう。

人当たりのよい笑顔を向けたと思ったら、今みたいに刺すような視線を向ける。なるほど、これでは子どもに好かれるのは、とうてい無理かもしれない。

「……おい。子どもをいじめんな」

嫌な沈黙を打破したかった俺は、さりげなく子どもを後ろにかばい、大人げない安倍を咎《とが》めた。

バイト店員モードを解除した俺のぞんざいな口調が気に入らなかったのか、安倍の片眉が跳ねあがる。

「店主といい狐といい、心外なことを言う。僕は誰もいじめてなどいないのに」

「なに言ってんですか、怖い目で人を凝視しておいて」

「……え」

コイツの場合、顔が整っているだけに真顔は怖い。俺だって、凝視されると居心地が悪いのだから、子どもの負担は相当だろう。そう言ってやると、安倍は霧の中から抜け出てきた人のような顔で、ぱちぱちと瞬きをした。

「……初めて言われた」

呟いた安倍は、それきり黙りこくる。

「だろうな。アンタみたいな美形を捕まえてそんな文句をつけたら、たちまち袋叩きに遭いそうです」

目に浮かぶようだと言ってやれば、安倍は首を左右に振った。それから、俺と子どもを交互に見る。

なんだとふたりで身構えると、安倍は突然笑いだした。腹を抱えて、目尻に涙まで浮かべるほどの、ガチの爆笑。美形のバカ笑いを目の当たりにした俺と子どもは、今度はそろって顔を見合わせ首をかしげる。

「狐はガチガチに固い石頭な挙げ句に固定観念でぐるぐる巻きなクセに、面白いことを言うんだな」

「俺には、なにがそんなに面白いのかサッパリです」

「僕にそんなことを言ってきたのは、君が初めてだ」

「ああ、そうですか。それなら、数秒前に聞いてます。ボケましたか？」

「……僕に、面と向かってそんなことを言ったのは、君が初めてだと言ったんだ」

ふと声が沈んだ気がした。

安倍はもう、俺たちを見ていない。じっとアスファルトを見下ろしている。

なにを熱心に見つめているのだろうと思って奴の視線の先を辿っても、なにがあるわけでもない。

「僕には、誰も本心を語らないからね」

嫌味で傍若無人で……とにかく気に入らない男だが、吐き出された声はそんな普段の安倍とはかけ離れた、寂しそうなものだった。

なんと声をかけたものかと、俺が迷うほどに。

「まあ、僕も有象無象《うぞうむぞう》のことなんて、いちいち考えてなどいられないから、煩《わずら》わしくなくてちょうどいいんだが」

「……おい」

人が心配したのに、安倍は顔を上げると、けろっとした様子で言った。

「その辺の凡庸《ぼんよう》な連中が僕を理解できないのは、摂理《せつり》。僕が塵芥《ちりあくた》どもを振り返らないのも、また摂理であると思えば仕方がないことだ」

「ああ、そうですか。それはよかったですね」

コイツはもう放っておこう。真面目に取り合うだけ無駄だった。

ようやく悟った俺は、おかしなものでも見るような目つきで安倍を見上げている子どもに声をかける。

「坊や、その……大きいお友達とは、いつもどこで会ってたんだ？　いつもの待ち合わせ場所に、急に来なくなったんだよな？」

「う、うん」

「家の住所はわからないのか？」

「じゅうしょ？　ううん、おれ、わかんね……」

でも、待ち合わせ場所には案内できると、子どもは言う。

「じゃあ、そこに案内してくれるか？　そしたらきっと、バカ笑いしていたこっちのお兄さんが、友達を見つけてくれるからさ」

「………」

おずおずと安倍を見上げた子ども。俺は、安倍を片肘で突く。

「ここまでお膳《ぜん》立てしてやったんだから、少しは子どもに好かれるように笑ってください よ……！」

「だから、僕が有象無象に――」

「それ以上言ったら、一回本気で殴りますから」

「………」

睨みつければ、安倍は本気を感じ取ったのか押し黙った。それから、ごほんと咳払いして、にこりと笑う。

「ああ、もちろんさ。探し屋として、必ず僕たちが見つけよう！」

「ぴゃっ!!」

爽やか三割増しの笑顔だが、子どもはそれを目の当たりにするなり悲鳴を上げて、またしても俺の後ろに隠れた。安倍から白けた目を向けられる。

「おい。全然ダメじゃないか、狐」

「……俺も人のこと言えないけど、アンタ……本当に子どもに好かれない人種なんですね」

俺にしても、ここまで子どもに友好的というか、べったり頼られたのは初めてだ。だけどそれは、俺以上に子どもに好かれない奴がいたからだろう。

「ふん。そんな哀《あわ》れみのこもった目で見るのはやめてもらおうか。僕は人から哀れまれるのが、吐き気がするほど嫌いなんだ」

「そうですか、すみませんね。……というわけだから、坊や。安心していいから」

「依頼に関しては、同感だ。僕たちが見つけるさ」

「ああ、そのとおりだ。僕たちが……えっ、なんで僕〝たち〟……？」

なぜ複数形なのだと、俺は安倍を見た。勝ち誇ったように笑った男は、また繰り返す。

「僕と、狐。ほら、どこからどう見ても、僕たちという言葉が相応《ふさわ》しいだろう？」

「ふ、ふざけるな、俺は……!!」

「わぁ～、兄ちゃんも手伝ってくれるんか？　おれ、うれしい！　ありがとうな！」

「だ、そうだが？」

「…………」

安倍の視線は、このキラキラした目を裏切れるのかと問いかけてきていた。

ああ、もう、クソ！

「……そうだな、手伝うよ。……俺たちは、いったいどこへ向かったらいいのかな？」

子どもは、笑顔で元気よく答えた。

「おう、墓場じゃ!!」

「そっか、墓……墓場ぁ!?」

「こっちじゃ！　はやく、はやく！」

待ち合わせ場所に案内されながら、俺は首をひねる。

近頃の子どもって、墓場で待ち合わせるのが普通なのだろうか？　なぜ、わざわざ墓場なんかで待ち合わせをするんだと思うのは、俺の感性が田舎者だからなのか、それとも幼少期に友達と待ち合わせた経験がないからなのか……ダメだ、考えてもわからない。

（だって、墓場だからな……）

俺は、正直に子どもに聞くことにした。

「あ、あのさ……墓場で待ち合わせとか、ちょっと新しすぎないか？」

「そうかぁ～？　おれたちは、いつも墓場じゃよ」

「えー……やっぱり、都会っ子の常識なのか？」

都会すげーと感心していたら、それまで静かだった安倍から冷笑《れいしょう》を向けられる。

「バカ狐。そんな常識があってたまるか。……あくまで、お客人とその友人にのみ適用される特殊なケースだ。墓地などといった、普段はあまり人が近づかない場所で待ち合わせる理由なんて、簡単だろう。——人目につかないためだ」

「いや、待ってください。そうなると、お友達とやらが、ものすごくヤバイ人に聞こえるんですけど……」

人目を避けて、小さな子どもに会おうとする大きいお友達。

響きだけで通報案件な気がしてならないが、子どもは怒ったように声を荒らげた。

「やばくない！　青《あお》は、いい奴じゃ！」

大きなお友達は、どうやら『青』という名前らしい。そして、この子は青という友達を、信頼しているとわかる。

「そっか。ごめんな」

俺はかがんで、悪かったと子どもに謝った。

自分が信じている相手を悪く言われたら、怒って当たり前だ。いくら俺の中に大きい友達とはヤバイ大人ではないのか？　という疑念があったとしても、口に出すのは無神経だった。

謝罪を受け入れてくれた子どもは、ふくれ面をしたものの、それ以上大声は上げなかった。

ただ、俺たちに何度も「青はいい奴」だと訴えてくる。

「ほんとうに、いい奴なんじゃ！　……おれ、しゃべりかたがおかしいじゃろう？親もおらん。でも、他の奴らは、親にいろいろ教えてもろうてから町におりるんじゃ。そいで、たっくさん、友達をつくって……毎日、楽しそうじゃった」

それをずっと、羨ましいと思っていたと子どもは呟いた。

「そしたら、青が声をかけてきてくれてな。もう泣かんでいい、親がおらんのなら、自分が友達をたくさん作る方法を、おしえてやるって」

それからは、町に行けるようになり、友達を何人も作って、楽しい毎日だった。

けれど、友達を作る方法を教えてくれた彼は、いつもひとりぼっちでお墓に佇《たたず》んでいる。そんなのは寂しいと思った。だから子どもは、恩人である彼のもとを毎日訪れるようになったというわけらしい。

しかし――。

「突然、いつもの場所に来なくなってしまった……というわけかい」

道すがら聞いた話を、最後に安倍がまとめる。

「……そうじゃ」

毎日会えていた友人が、突然の音信不通。気が動転し、『消えた』と大騒ぎしてしまったのだと子どもはうつむいた。

「ま、まあ、友達が急に来なくなったら、心配になるのはわかるよ」

取りなすように俺が言うと、子どもはうんうんと何度も頷く。横の安倍は「ふ～ん」と、面白がるような目で俺を見た。

「……なんだよ」

「君、子どもには優しいんだな」

「……はあ？」

その間にも、足は進む。目当ての寺が見えてきた途端、子どもはぱっと先に駆けだした。

「あそこじゃ！」

「あっ、こら、待てって！」

俺は慌てて追いかけようとするが、安倍の歩みにその気はない。そんな足取りと同じくらい、のんびりとした口調で奴は言った。

「優しいのはわかったが……それでも君は、〝ウソツキ〟だな」

「──は？」

「なんで、あのお客人に触らないんだい？」

「……今時、子どもにベタベタ触る奴がいたら、即通報もんだろ」

「ほら、ウソツキだ」

喉に小骨が引っかかったような嫌な言いかたをされて、足が止まってしまう。

すると、安倍は素っ気ない態度で俺を追い抜いた。このまま先に行くのかと思いきや、奴は数歩先で足を止めると、こちらを振り返り、笑った。

「見えているくせに」

その一言で、ぞわりと背筋が寒くなったのを、俺は気のせいだと片付けると全速力で走り、いけ好かない男を追い抜く。

——なぜだか、そうしなければいけない気がした。

正直な話、このまま安倍の言葉を聞いていたら、もう戻れない気がしたんだ。


店から歩いて二十分程度の距離にある寺に着いた。

門をくぐり並ぶ墓石を通り抜け、木々が生い茂って隠れている階段を上る。小高い山になっている場所に、人目を避けるように数個の墓石があった。

「ここ……」

下に見える、整然《せいぜん》とした霊園《れいえん》とは雰囲気が違う。ここにあるものは、だいぶ古い時代に建てられたのだろう。苔《こけ》が生えた丸い墓石が、数個ぽつぽつと点在していた。

水はけが悪いのか、昨日の雨のせいで土はやわらかく、墓石も湿っている。

その中で異彩を放っていたのが、真新しい花だった。誰かが供《そな》えたのだろう花は、まだ瑞々《みずみず》しく鮮やかで、濡れた様子もない。これは、少なくとも昨夜の雨がやんだあとで供えられたものだ。

子どもは、そんな花を見て歓声を上げる。

「兄ちゃん！　見て、この花！　たぶん、あいつじゃ！」

「あ、あいつ？　友達か？　こうして花を供えてるってことは無事だったのか？」

安倍を見れば、考え込むように目を細めている。そして、顎《あご》に手を当て、自分の考えを披露するように、一言、一言、吐き出した。

「お客人は、相手が急に音信不通なったため、なにか大変な事態に巻き込まれ、連絡が取れない状況に陥《おちい》ったと考えた。だから、慌てて店に来た。だがしかし、真実はどうだろう。これを見る限り、答えは明白だ。お客人の友達とやらは、君の前から消えたかった。それだけの話だ」

空の高いところで、ひゅーんと鳥が鳴いている。風で草木のそよぐ音が、はっきりと聞こえる。

それくらい、俺たちの周りは静まりかえっていた。

「え？　どういうことじゃ……？」

意味がわからなかったのか、子どもが困ったような半笑いを浮かべ首をかしげる。

「おれの前から……なに……？」

「君の前からだけ、消えたかったと言っているんだ。君に会いたくないのだと言えば、通じるか？」

「うそじゃ！」

かっと歯を剥いて叫んだ子どもは、今にも安倍に飛びかかりそうな勢いで、俺はたまらず押さえ込む。

「落ち着け！」

「はなせ！　はなして、兄ちゃん！　こいつ、こいつは……！」

今まではぎりぎりで泣かなかったのに、安倍の容赦ない物言いで我慢の限界に達したのか、子どもはボロボロと泣いていた。

邪魔をするなというように、大きく腕を振ると、またもや俺の眼鏡に手が当たり今度は眼鏡が地面に落ちた。よっぽど興奮していたのだろう、子どもは謝らなかった。そのまま安倍に飛びかかろうとして——数歩のところで、ぬかるみに足を取られて転ぶ。

「おいっ……——！」

地面にべしゃりと突っ伏した子どもに「大丈夫か」と続けるはずだったのに、声が詰まった。大変だと駆け寄ろうとした足が、動かない。

俺の目は、〝ありえないもの〟を見ていた。

子ども頭に二本の角――これは、まるで。

「お、鬼……？」

かすれた俺の呟きに、つまらなそうな顔で子どもを見おろしていた安倍が視線を上げる。

「やあ、狐。ようやく眼を開いたかい。……見て見ぬふりは、楽しかったかな？」

ありえない、と俺の口は動いたはずなのに、音にはならない。金魚のように口をぱくぱくさせたまま、俺は地面に落ちた眼鏡を探す。

どこかにあるはずだ。あれをかければ、こんな……〝見えるはずがないもの〟なんて、消えてなくなる。

「おや？　もしかして探しものは、これかい狐？」

おかしな空気が漂うこの場で、唯一平然としている男は、ゆったりとした足取りで歩みを進め、なにかを拾い上げた。

手で弄《もてあそ》ぶようにして見せたものは、俺の眼鏡。

「……返してください」

「ふぅん……。特別な仕掛けもない、普通の眼鏡だな」

「眼鏡に変な仕掛けなんて、あるわけないでしょう」

「度も入っていない伊達《だて》眼鏡で、君は必死になにを偽っていたのかね？」

「――っ……返せって言ってるだろ！」

ふと笑った安倍は、眼鏡を俺に向かって放り投げ、いまだに地面に突っ伏して動けない子どもに、ちらりと視線を向けた。

「さてと」

安倍が、一歩子どもの方へ踏み出す。

「ひっ……」

子どもが引きつった声を漏らすのも、よくわかる。安倍の表情が、あまりにも冷たかったからだ。

「く、来るな……！」

腰が抜けたのか、立ちあがれずにジタバタもがくのを見ていられず、俺は慌てて眼鏡をかけ直し子どもに駆け寄る。

「おい、大丈夫か！」

「に、兄ちゃん……！　あの人間、やっぱり……おん――」

なにか言いかけた子どもだったが、遮るように安倍の声が重なった。

「意外だね、狐。固定観念に凝り固まった君ならば、常識を逸脱《いつだつ》したこの場からは、さっさと逃げ出すものだと思っていたのに……今までは触れもしなかった、そっち側に行くんだな」

「は？　大人げないアンタと子どもを、ふたりきりにしておけるかよ！　……ほら、立てるか？」

べそをかいた子どもに手を貸して、立たせてやる。けれど、子どもの目にはこれまで以上に、安倍への恐怖心が浮かんでいた。

「やれやれ。君は、本当に子どもに弱いんだな。たとえそれが人ならざるもの……鬼であっても」

「っっ……うぅっ、ひぐっ……ごめ、なさい……！」

身を縮こめた子どもは、安倍の一言にまた泣きだした。

「お、おい！」

「僕は、現実を見ない君に、わざわざ教えてあげているんだよ。たくさんの嘘に憑かれている君が、これ以上嘘を重ねなくて済むようにね」

「知るか！　子どもを泣かせておいて、ぺらぺら語ってんな！　……あっ、ほら、飴《あめ》やる！　苺味！　うまいぞ！」

俺は慌てふためいてポケットをあさると、飴が入っていた。包装を剥ぎ取り、口の中へ入れてやれば、子どもはようやく涙を止めた。

「鬼の目にも涙、とは言ったものだけど……」

呆れた安倍は、まったく反省の色がない。

「……いい加減にしろ。人間じゃないなんてこの子に失礼だ」

「おや。自分の目で今見たことを、君は信じないのかい？」

「俺は、〝自分の肉眼で見たもの〟なんて、一切信じない」

だってそれは、〝普通ではない〟から。

「……へえ」

断言すると、安倍は目を細めて、くすりと笑った。

「君がそう言い張っても……当のお客人は、どうだろうか？」

「っ、う、あの……おれ……鬼、だ」

小さな声で呟いて、子どもは項垂《うなだ》れた。そして、おそるおそる安倍を見上げる。

「……おれのこと、調伏《ちょうぶく》するか……？」

「やめてくれ、今は、そういう時代じゃないのさ。……お客人、君がなにか悪事を働かない限りは」

子どもは、少しだけ安心したようだったけれど、俺にはさっぱりだった。

（ちょうぶくって……なんだ？）

かさりと木々の揺れる音がしたのは、頭の中でクエスチョンを乱舞《らんぶ》させていた時だった。

「……誰か、そこにいるのか？」

生い茂った木々の向こうから、低く掠れた声がした。

伸びっぱなしの草を手で押しやりながら現れたのは、青ざめた顔をしたスーツ姿の男。バスケやバレー選手並みの長身を、窮屈《きゅうくつ》そうにかがめて墓地へ入ってくる。

くっきりと眉間にしわを刻んだ三十代後半くらいの、気難しそうな人だ。普通なら怖がられるような風貌だが、この場にいた子どもは違った。姿を見るなり、笑顔を浮かべたのだ。

スーツの男も同様だった。子どもの姿を目にした時だけ、眉間のしわが消える。

だが俺たちを見る目は不可解そうで、特に安倍に視線を定めた瞬間はひどかった。

眉間にぐっとしわが寄り、目がつり上がる。

「……ここは、故人《こじん》を偲《しの》ぶ場所だ。騒ぐなら、よそへ行け」

「心外だ。僕は、騒いでなどいないさ。ぎゃーぎゃーとうるさかったのは、そっちのふたりだ」

安倍がすました顔で、俺と子どもを指さす。青い顔をした男の眉間には、しわがますます深く刻まれる。

「……貴様、この子に、なにをした？」

「おや？　僕が一方的に悪者かい？　……まっ、慣れているけどね」

皮肉めいた笑みを浮かべた安倍に、男はさらに機嫌を悪くしたようだった。

「ち、ちがうぞ！　こいつ、おれが連れてきたんじゃ！」

空気が張り詰めていることに気づいた子どもが、慌てた様子でスーツの男に飛びつく。するとと男の顔からわずかだが険が抜ける。

俺は、それでこの人がどこの誰なのか察しがついた。

「もしかして、大きいお友達？」

三人の視線が、一気に俺に集中した。

（やべ……言葉選びを間違えた！）

まずい。さすがに、面と向かって『大きいお友達』はなかったやらかした。

唯一、子どもだけは気にしなかったようで、笑顔で頷いている。

ただ、スーツの男には微妙な言葉のニュアンスが伝わったようで、ものすごく困惑したような顔をされた。

安倍は、フォローする気もなく、ただ呆れている。

「そうだぞ、兄ちゃん！　こいつが、おれの友達の青！　……なあ青、どこに行ったんじゃ？　おれ、たくさん、たくさん、さがしたんだぞ！」

「……ああ、悪かったな」

青と呼ばれたスーツの男は、優しい顔で子どもを見おろす。まとわりつく子どもを邪険にしたりせず、頭を撫でる手も謝る声もとても優しい。

だから、続けられた言葉があまりにも不釣り合いだった。

「けれど、もうお前とは会わない」

「——え」

突然の決別宣言に、ようやく会えたと緩んでいた子どもの顔が、強張る。

わかりやすい表情の変化を目の当たりにした青さんは、辛そうにその顔を歪めたが——子どもの肩を掴むと、自分から引き離した。

「赤《あか》、私はもうすぐ寿命が尽きるんだ」

縁を切りたい一心でついた嘘だとしたら、これほど最悪なものはないだろう。子どもは顔を強張らせたまま、なにも言えなくなっていた。

「…………」

ショックが大きすぎて、すぐに言葉が出てこないのだろう。じわじわと、大きな目に涙がたまっていく。

その様子に気づかないはずがないくせに、青さんはさらに追い打ちをかけた。

「とてもとても……長く生きたからな。唯一の心残りは赤、お前で果たせたことだし、悔いはない」

ずいぶんと清々しい言葉だ。きっと本人的は、満足なのだろう。

でも、目の前にいる子どもの心は、置き去りのままだ。

「なんじゃそれ？　わからん、おれ、ばかじゃから、むずかしいこと、わからん……」

震えた声が、なんとかそれだけ口にする。きっと考えて考えて、ようやく出てきた言葉のはずだ。

けれど、大事な友達であるはずの青さんは、もう口を開かない。開く気はないと、態度が語っていた。

――ふざけるなよ。

「なんですか、それ。小さい子を泣くほど心配させておいて、はいさよならってのは、大きいお友達として、どうなんですか？」

頑なさに苛立ちを覚えた俺は、よせばいいのに口を出してしまった。

途端、青さんの鋭い眼光がこっちを向く。

（うわ、怖……！）

立ち入るなという圧を感じた。けれど散々巻き込まれ振り回された俺にだって、言いたいことがある。

「子どもだから言ってもわからないだろうって、侮《あなど》るのはやめてください。その子は、あなたが心配だからって、たったひとりでこの人のところまで来たんですよ？」

この人——と、安倍を指せば、青さんは驚いたように目を瞠《みは》り、子どもを見た。

「お前、まさか、ひとりでこの男に……!?」

「だ、だって、おれ、青がしんぱいじゃったから……！　お父とお母みたいに、きゅうに消えちまったんじゃないかって。だから……！」

そうか。必死だったのは、両親の前例があったからなのか。

急に消えた。

それが、どういうことなのかはわからない。子どもを置いての失踪《しっそう》なのか、また別の意味が含まれているのか……すべては想像の域を出ない。

ただ、この子が必死だったことだけは、俺にもよくわかる。それだけは、俺が肯定できる真実だ。

「褒めてあげてください。怖いお兄さんのところに、大事な友達を捜してくれって、ひとりで来たんですから。さすが男だとか、勇気があるとか……言ってやってくださいよ、頑張ったんですから。それで、ちゃんと向きあってください。友達に、理由も告げられずそっぽを向かれるなんて……悲しすぎます」

「………………」

眉間にしわを寄せたまま、青さんは目を閉じた。言うべきかどうか迷っているようだった。

けれど、やがて観念したようにため息をつき、眉間のしわが取れる。

「……昔、遠い昔の話だ。私は当時、調子に乗った荒くれ者で、あちこちを荒らし回っていた。だが、不注意で傷を負ってしまい、逃げ込んだ先で……人間の夫婦に出会った」

青さんの目が、苔むした丸い墓石に向けられた。鮮やかな花が手向けられていた、あの墓石だ。

「底抜けに善良なふたりでな、ケガをした私を厭《いと》い追い払うどころか、手当をしてくれたんだ。……当時は、私たちのような存在と人間との間には大きな隔《へだ》たりがあったから、ひどく驚いたものだ」

なつかしむように語る彼は、そっと丸い墓石に触れる。

「一方的に世話になるなんて、気持ちが悪い。なによりも、人間なんぞに借りを作りたくはない。だから、恩返しを申し出た私に、ふたりは言った。――だったら、いつかあなたの前で困っている誰かがいたら、同じように手を差し伸べて助けてあげてほしい……と」

「……だから青、おれをたすけてくれたんか？」

「親のいない、はぐれ鬼だったお前は、人に化ける術も知らなかった。寿命が尽きるその前に、自分にできうる限りのことを教えてやろうと思った。……今ではこうして、お前はひとりで人里に降りられるようになるまで成長した。一人前だ。もう、大丈夫だ。私などがいなくても、平気だろう……？」

「――っ、だいじょうぶじゃねぇ！」

勢いよく抱きつかれた青さんは、目を丸くした。

「ぜんぜん、だいじょうぶじゃねぇよ……！　そんなの、青はさみしいままじゃねぇか！　おれにも、おんがえしをさせてくれよ！」

「それなら、困っている誰かを助けてやれ」

「いちばんの友達のために、なにもできねぇのに、他のだれかの役になんて立てるわけねぇ！」

わんわんと声を上げて泣きじゃくる子どもの頭を、青さんは困り顔で撫でた。その手は優しげで、内心では嬉しく思っていることが伝わってくる。

「やれやれ。観念した方がいい。どうせ、泣く子には誰も勝てないのだからね」

やりとりを見守っていた安倍が、そんなことを言う。途端、青さんはくわっと目を剥いて「黙れ」と低く唸った。

すると、面倒だと言いたげに安倍がこっちを見た。その視線は、まるで「パス」と言っているような気がしてならない。

奴から無言の催促《さいそく》を受けた俺は、足踏みしたまま踏み出せないダメな大人に向かって、生意気ながら言わせてもらった。

「他の誰かを助けなさいって言ったとしても、一緒にいられない理由にはなりません。そもそも、ふたりは友達じゃないですか。……恩返しだとか、小難しい理屈は置いて、考えてください」

「………」

「一回親切にしたら、二度としちゃいけないなんて決まりはない。同じ相手に優しくするのは、おかしいことじゃない。友達ってそういうものでしょう？　……ふたりはお互いのことを思いやって、いろいろ行動してるんだから――損得《そんとく》抜きのそんな関係、親友みたいじゃないですか」

親友、と青さんが呟いた。泣いていた子どもが反応して顔を上げる。

「お、おれ、むかし青に、友達がたくさんほしいって言ったぞ。みんなと、仲よくあそぶのが、夢じゃったから……！　でも、でもな？　おれの、いちばんの友達は、青じゃ！　青が困ってたら、一番先にかけつけて、力になりたいんじゃ！」

「……そうか」

「青は？」

真っ直ぐな目に見上げられた青さんは、笑った。

子どもの成長を目にした親のような、とても誇らしげで、それでいて優しい笑顔。

子どもから目をそらさず答えた彼の両目は、怒りや悲しみ以外の感情で潤んでいる。

「……私も、赤が困っていたら、きっと一番に駆けつけたいと願うだろうな……。なにせ、そこの御仁《ごじん》の言葉を借りれば……我らふたりは、親友だからな」

「――うん！」

これでもう、一安心。仲直りだと、俺は息を吐く。

ちらりと安倍を見れば、奴はなんとも言えない表情でふたりを見ていたが、俺の視線に気づくと、顎をしゃくる。

「親友というより、家族みたいだな」

こっそり呟かれた一言に、俺は「たしかに」と頷いた。

――消えた友達を捜してほしい。

そんな、奇妙な依頼から端を発した人捜しは、こうして幕を閉じたのだった。

無事に、あの子どもの捜し人に会ったあとは、墓参りをした。そのあと、積もる話があるというのでふたりとは別れたが、あの様子だと大丈夫だろう。

こうして依頼を終えた俺たちは、春夏冬に戻るために帰路についた。

「しっかし……一時はどうなることかと思ったけど、無事に友達に戻れてよかったですね」

「そうだな。あの様子からして、今日明日死ぬわけでもなさそうだ。むこう十年は持つんじゃないか」

「……それは、長いんですかね……？」

嘘か真か、青さんは自分の寿命が尽きると言っていた。それが十年先だとすれば、あの子はまだまだ青さんと一緒にいられるが、十年後には悲しい別れが決定づけられていることになる。

「狐、君はどうだい？　大切な人といられる十年は、長いか短いか」

手放しでは喜べない幸せに、複雑な気持ちを持ったところで質問され、俺はなにげなく空を見上げた。

「……俺は……」

広い青空を眺め、考える。

「――俺は、短いと思いますよ」

「……そうか。だったら、どれくらいがいい？」

どこかピントのずれた安倍の問いに、数字で測れる問題ではないと首を横に振る。

「きっと何年あっても、最期はもっと一緒にいたかったって泣くと思います」

「泣くのか」

くすりと、安倍が笑った。珍しく腹が立たなかったのは、嫌味っぽくない……穏やかな笑いかただったからだ。

「羨ましいな」

穏やかな顔のまま、安倍はそんな言葉をこぼした。

「誰がです」

「君もだが……あの鬼たちもだ。——僕には、無縁の話だからね」

「……安倍さん……」

かける言葉なら、いろいろある。中でも、わかったような言葉をかけるのは、とても簡単に違いない。

だが、安倍は哀れまれるのが嫌いだと言っていた。だったら、少し寂しそうにも見えるコイツに同情するような言葉をかけても、嫌味で返されるのが関の山だ。上っ面だけの言葉を投げたって意味がない。

だから俺は、自分の本音をぶつけてみた。

「さらっと言ってますけど、鬼とかわけわからないこと言うの、やめてもらえます？」

意表を突かれたのか、最初はきょとんとしていた安倍だったが、徐々に唇を持ち上げ、いつもの自信に満ちた笑みを浮かべる。

「まだ言うか。ガチガチの石頭め」

「その言葉、もう今日だけで聞き飽きました」

「事実なんだから、仕方がないだろう」

言いあっていたら、いつの間にか店の前に到着した。

「狐」

引き戸に手をかけると、開ける前に呼び止められる。

「なんですか？」

狐呼ばわりも、もう慣れてきた感があるのが嫌だななんて思って振り返れば、安倍は薄く笑っていた。

「これからも、僕の仕事を手伝え」

「……は？」

「今日でわかっただろう？　僕は、妖《あやかし》連中に嫌われている。その点、君がいれば話がスムーズだ」

真意を読ませない男に「わかっただろう？」なんて言われても、俺がいれば話がスムーズに進むなんて、少しばかり持ち上げられても、返す答えは決まっている。

「嫌です」

「なぜだ？」

即答したのに、安倍は引き下がらない。

俺は、この期《ご》に及《およ》んで「なぜ？」だなんて、わかりきったことを聞くなという内心を、そのまま言葉にした。

「なぜだって言われても……。俺、オカルトとか信じてないんです。そういう用語を聞くだけで、鳥肌もんなんで。アンタの手伝いとか、絶対無理です」

丁重なお断り文句だというのに、安倍はふんと鼻で笑った。

「このウソツキめ」

「――言ったはずですよ、俺は肉眼で見たものは信じないって」

「なら、眼鏡をしているその目で、上を見てみろ」

「上……？」

促され、店の引き戸の上を見ると、そこには看板が掲げられているだけで、他にはなにもない。

「看板があるだけじゃないですか」

「書かれている文字を読み上げろ」

「はあ？　ええと、さぼう、あきなし……」

なんなんだよと思いつつ、やる気もなくだらだら読み上げていると、味のある太字の下に、小さくなにかが書かれていた。

目をこらし、その文字を声に出す。

「……うせものさがし、うけたまわります……!?」

「そう、この店自体が失せ物探しの依頼を受け付けているのだよ。――つまり」

――にんまり。

企みが成功したかのように、安倍があくどい笑みを浮かべる。

「僕の手伝いは、従業員の仕事のひとつになるな。今後も、励みたまえよ狐くん」

ぽんっと気安く俺の肩を叩いた安倍は、さっさと店内へ入っていく。

取り残された俺は、青い空の下で呆然としていたが、通りがかった車から、思いきり水たまりの水をかけられ、我に返った。

(二回目とか、なんなんだよ今日は！)

また嫌味を言われるに違いない。

「ほんとに、なんなんだよ……!!」

この状態を目にした奴の顔が容易に想像できて、悔しいやら情けないやらで八つ当たりめいた独り言が口をつく。

すると、店内からマイペースな常連様が、俺を呼ぶ声が聞こえてきた。

「狐、はやく来たまえ。店主が首を長くして雑用係を待っていたぞ」

「ああもう、今行きますよ！」

あとを追うように店内に一歩踏み入る。

「おかりなさい、稲成くん。……さっそくですが、着替えてきなさい」

「狐、君は本当に残念な男だな。学習能力がないのかね」

「……スミマセン、キガエテキマス」

呆れた視線をふたりから向けられた俺のすぐそばで、風が悪戯《いたずら》したのか鈴が鳴る。高く澄んだ音は、広い天井にのびのびと響き渡り、どこまでも響いていくようだった。

◆◆◆

消えた友達事件から二日後の午後。

数分前に最後の客が帰り、店内には安倍保明だけが残っていた。店も落ち着いたことだしと店長は休憩に入り、安倍は店長が休憩に入る前に入れた紅茶を手に優雅なティータイム。しがないバイトである俺は、残った洗い物の片付けに精を出す。

さして親しいわけでもない俺たちの間には、当然会話がない。

こっちとしても、探偵業みたいなことに付き合わされ、なおかつそれがバイト業務の一環だと言い含められた件には腹が立っていたから、願ったり叶ったりだ。

（だいたい、あんな小さな字で隅にとか、ずるいだろ！　そもそも、いくら常連でも店借りてわけのわからない商売とか、行きすぎだろ！　なんなんだよ、コイツ……！）

本当に、わからない。毎日店に入り浸って、どんな仕事をしているのかさっぱりだと思っていたが、まさかここまで変な奴だとは思わなかった。

これまでは、ただの嫌味な奴としか思っていなかったが、その上さらに得体が知れないとなると、設定過剰だろうと言いたくなる。もっとも、そんなことを口にしようものなら、鼻で笑われるだろうけれど。

当の安倍は、俺の存在など気にもせず紅茶を飲んでいる。本当に、外見だけならパーフェクトだ。

せっかくなら、通りに面したテーブル席にでも座ってくれれば、客寄せ効果を期待できるのに、勝手気ままな常連様の席は窓から一番遠いカウンターと決まっている。

この調子なら、今日はもうお客さんは来ないだろう。

レトロな振り子時計を確認したあと、俺はそう判断したのだが。

「来るぞ」

安倍が意味深な呟きを発したかと思うと、カップを置いて引き戸へ視線を向けた。

ついつい、奴の動きにつられて俺も店の出入り口を見る。

「た、たのも～っ!!」

高く上擦った声と共に引き戸が動いたのと同時に、鈴の音が響く。

「客だぞ、狐」

俺は、予測していたような安倍に少し驚きつつも、洗い物の手を止めカウンターから出る。

同時に、赤い頬の子どもがひょっこりと顔を出した。

「赤じゃないか、どうした？」

「あっ、兄ちゃん！　よかった、おったんじゃな！」

「僕もいるんだが？」

「ひぎゃっ！」

俺の姿を認めるなり、赤は一直線に駆け寄ってくる。が、途中でいつもの席に、いつもの常連、つまり安倍が座っていることに気づくと、小さく悲鳴を上げた。

「いやはや、失礼な反応だな」

「お、おおおおっ、おれは！　こわくなんて！　こわくなんて、ないんじゃからな！」

「なにも言っていないだろう。なぜ自ら墓穴を掘る」

安倍はカウンターテーブルで頬杖をつき、呆れた目で赤を見た。

「うぅ～っ」

すると、赤が俺の足にしがみついてくる。

「あのな、これじゃ歩けないんだけど」

「兄ちゃん～」

これを無理やりひっぺがしたりしたら、絶対に泣く。

一見しただけでわかる涙目を見て、俺は自分のこめかみを押さえた。今度は状況を面白がるような顔をしている常連客に視線を向けると、悠然としていた安倍が、こちらを茶化《ちゃか》すように言う。

「おや？　なにか言いたいことでもあるのかい？」

「子どもをからかって遊ぶなんて、大人げないですよ安倍さん」

「そ、そうじゃそうじゃ！」

赤は意味をわかっているのかいないのか、妙な合いの手を入れてくる。俺の援護をしているつもりなのだろうが、いかんせん緊張感に欠ける。

「ほら、赤だってこう言ってる」

神妙な顔は崩れ、すでに笑っている俺。

安倍は頬杖を解くと、口をへの字に曲げて腕を組んだ。

「解《げ》せん」

「は？」

「君たちは、いつの間に結託するほど仲よくなった」

「結託って、アンタ。そんな大げさな」

呆れる俺に向かい、しっしっと追い払うような仕草を見せた安倍。

「まあ、いい。狐、今は君に用はない。よく来た子鬼、飛んで火に入るなんとやらだな。僕は、ちょうどお前に聞かなければいけないことがあったんだ」

「な、なんじゃ？」

「お前の父と母はいなくなったと言っていたな。……〝消えた〟のか？」

無神経とは、この男のためにある言葉に違いない。配慮という概念を間違えてゴミに出したのかと疑いたくなるほど、あんまりすぎる言葉。

だけど、赤は泣きださなかった。怒りもしなかった。

「――そうじゃ」

無関係の俺が怒りそうだったにもかかわらず、赤は安倍の問いに頷いただけ。

「そうか。よくわかった」

安倍も、自身の失礼さ加減を詫びるでもなく、思案顔で頷いた。

俺には、なにが「そう」で「わかった」のか、さっぱりだった。ただ、出鼻をくじかれた感があり、今さらどうのこうのと安倍に文句をつけるのも違う気がする。

(この子が怒っていないのに、俺が蒸し返すのも、な。逆に傷つけそうだろ)

考え込んでいると服の端が、つんつんと下に引っ張られた。

「ん？　どうした？」

「きょ、今日はの、けんかしにきたわけじゃ、ないんじゃ。ふたりにな、用があって」

「うん？」

「あのな、兄ちゃんたちに、ちゃんとお礼を言いたくてな」

もじもじしていた赤は、俺の手を掴む。

そして、手を繋いだまま安倍の方へと近づいて行った。なにを思ったのか、俺と安倍を横並びにすると、自らは対面に立つ。

「ふたりとも、ありがとうの！」

はっきりとした大きな声。小さな頭が最大限の感謝を示すように下げられる。

「おかげでおれ、青をみつけられた！　なくしてしまうところじゃった、ほんとの青をみつけられたんじゃ、だから、たくさんたくさん、ありがとうの！」

真っ直ぐに感謝をぶつけられて、照れくさいと同時に申し訳ない気分になる。

そこまで感謝されるようなことを、俺は一切していないからだ。

「いや、俺は礼を言われるようなことなんて、全然――」

「狐、純粋な感謝の気持ちは、素直に受け取りたまえ」

それまで興味なさそうだった安倍から、もっともらしい言葉と共に背中を叩かれた。

顔を上げた赤も、そうだそうだと頷いている。

「……アンタたちだって、結託してるじゃないですか」

ぽつりと呟けば、安倍は意外そうに片眉を上げ、赤はこてんと首をかしげる。

十分仲よしだろなんて言えば、この取り澄ました常連がどんな顔をするかと思ったが、実行する前に、赤が背中に背負っていた子ども用のリュックをおろす。

そして、中からふたつの小袋を取り出した。

「これ、お礼じゃ！　いらいっちゅーもんをしたら、ほうしゅうってもんをわたすんじゃろ？　だから、ふたりに用意したんじゃ！」

ふくふくした小さな手。左右にひとつずつのせられているのは、小袋に分けられた飴だった。かわいい動物キャラがプリントされた半透明の袋に、小花柄のリボンがかけられている。

「ご丁寧に、リボンまで」

「あ、それは青がえらんだんじゃ！　青もな、ふたりにお礼がしたいって！」

可愛い柄をチョイスしたのは、まさかの青さんだった。眉間にしわを寄せたスーツ姿の長身男性を思い浮かべ、あまりの意外性に動揺する俺。

だが、安倍は冷静そのもので、淡々と続ける。

「それにしては、姿が見えないが？」

「だって、おねがいしたのは、おれじゃもん。おれひとりで、ちゃんとお礼を言うのが、筋じゃろう？」

赤の子どもとは思えない言葉に、安倍は嫌味のない笑みで頷いた。

「なるほど、理解した。そういう理由ならば、報酬はありがたく受け取ろう」

「おう！」

「狐、君も間抜け面をさらしていないで、はやく受け取れ。依頼人を煩わせるな」

「いや、だって、まさかのチョイスで」

「もしかして……兄ちゃん、これ気に入らんかったか？」

あ、やばい。赤の目が、またしてもウルウルし始めた。

「き、気に入った！　ありがとう！　あ、苺味あるじゃん。俺、これ好きなんだよ！」

「そうか！　あの時、兄ちゃんがくれたのと同じなんじゃ！　おいしかったから！」

あの時とは、墓地に行って安倍と一悶着《もんちゃく》起こした時のことだろう。

俺は動揺のあまり、たまたま持っていた飴をこの子にあげた。

ただそれだけ。急場しのぎの行動だったが、赤はちゃんと覚えていたのか。

ちょっと感動して、にやけてしまう。すると、横でイスに腰かけたままの安倍から、
脇腹に肘鉄《ひじてつ》を受けた。

「痛ってぇ！　安倍さん、なにするんですか、いきなり！」

「おっと、すまない。見るに堪えない顔だったから、つい」

「だったら、俺の方を見なけりゃいいでしょうが」

「先ほどの言葉、そのままそっくり君に返したい気分だよ。君の方こそ、大人げもな

にもあったものではない」

安倍は、ふふんと嫌味っぽく言う。

「ぐっ」

言い返す言葉が見つからない俺を横目で見た安倍は、今度こそ「勝った！」と言わんばかりに勝者の笑みを浮かべた。

「よし、今日は気分がいい。おい、店主出てこい！　客だぞ！　この小さな客人に、ほうじ茶ラテを！　もちろん、僕のおごりだぞ！」

「わ〜い！」

「えっ、ちょっと！　勝手なことを言わないでください！　店長はさっき休憩に入ったばっかりで」

「ああ、狐。君は、そこら辺で水道水でも飲んでいるといい」

「はあ!?」

安倍の無駄によく通る声と、赤の歓声、そして慌てた俺の声が重なる。

たちまち賑やかになった店内の様子が気になって、店長が休憩もそこそこに店の奥から顔を出すのは、この数十秒後のことだ。

二　顔を奪われた男

六月になり梅雨入りした途端、湿度が上がり蒸し暑くなった。

今日は雨こそ降っていないが、曇り空が広がっていてパッとしない天気だ。

なんだか毎日じとじとして体がだるいと思うのは、俺が北国の田舎町から出てきた人間だからだろう。常にどこか肌寒い土地の出身者からしてみると、都会はちょっと暑くて過ごしにくい。

今ですらこんな状態なのだ。本当の夏が到来すれば、どうなるのか……考えたくもなかった。

（こういう日は、アイスコーヒーとか飲みたくなるよな……）

現実逃避に、氷が浮かんだ涼しげなアイスコーヒーを想像して、思わず喉が鳴る。

だが、今はバイト中。そして、春夏冬はコーヒーの類いを一切取り扱っていない。

オーナーの意向だそうだ。

以前店長に理由を聞いたら苦笑を浮かべて教えてくれた。

オーナーは、こだわりの強い人で「コーヒーのせいで茶葉の香りが台無しにされる！」という考えの紅茶派であり、反コーヒー党らしい。

情報が伝聞《でんぶん》ばかりなのは、俺が一度もオーナーに会ったことがないからだ。

（どんな人なんだろう？）

好奇心のままに、まだ見ぬオーナーを想像する。

きっと金と時間が有り余っている人に違いない。もしかすると、ここは税金対策や道楽で開いた店かもしれない。

(暇を持て余したじいさん……とか？)

そんなことを考えながら、窓拭きをしていたのが悪かったんだろう。

「おはよう、狐」

「うぎゃあっ‼」

急に背後から声をかけられ、俺はのっていた踏み台から転げ落ちた。

「いてて……」

尻餅をついて呻《うめ》く。

俺を狐なんて呼ぶ奴は、ひとりしかいない。この店の常連客、安倍保明だ。

無様《ぶざま》にすっころんだ俺を、小バカにした顔で見おろしているのだろうと思ったが、見上げた奴は、びっくりしたように色素の薄い目をいつもより大きく開いていた。

「大丈夫かい？」

嫌味は降ってこず、心配するような声と共に手を差し出される。ここで振り払うのはあまりにも子どもっぽい気がして、俺は素直に手を借りることにした。

「……どうも」

「いきなり転げ落ちるから、どうしたのかと思ったよ。まさか、立ったまま寝ていたのかね。あまりよくないクセだぞ、それは」

ぐっと引っ張り上げられ、勢いで立ちあがる。

すんなりと立ちあがった俺を見て、どこにもケガがないとわかったのだろう。途端に安倍は鼻を鳴らし、いつもの嫌味を言い始めた。

「アンタがいきなり声をかけるから、驚いただけです！　いったい、どっから入ってきたんですか！」

「狐……君は、もしかしてバカなのかい？　ごく普通に、店の入り口から決まっているだろう」

「嘘はやめてください。鈴が鳴らなかったのに」

引き戸の開閉があれば、当然鈴の音がするはず。いくら俺がぼーっとしていたとしても、あの音くらいわかる。

けれど、安倍は反省するどころか、にたりと意味深に笑った。

「鈴？　……ああ、アレは特別仕様だからね」

言いたいことだけ言うと、訝《いぶか》しむ俺を無視し、いつもの指定席に腰かける。

あまりにも堂々とした行動に流されそうになるが、今は開店前だ。

ここで、いつもの押し問答が始まる。

「……安倍さん、アンタ、なにしれっと席についているんですか。あのですね、いつも言ってますけど、まだ、開店前ですから！　開店は、十一時！　今は、十時四十五分です！」

「なに、気にするな」

それは、間違っても押しかけてきた客側が言っていいセリフではない。わざと人の神経を逆撫でして楽しんでいるのかと思うほど、コイツの行動は勝手気ままだ。

「アンタは気にしなくても、こっちは気になるんだよ！　いつも言ってるだろ！　いい加減、わかれ！」

「おやおや、狐は毎度毎度、ちまちま細々と……本当に些末《さまつ》なことを気にするんだな。疲れないかね？」

「俺の体調を心配する気持ちが一欠片でもあるなら、今すぐ態度を改めてください！　アンタが疲労の原因なんだから……！」

心外だと、安倍は明るく笑った。

俺の頭の中を、暖簾に腕押しやら糠《ぬか》に釘といった言葉が駆け巡る。

この男は、あまりにも自由すぎる。常識をどこへ忘れてきたのか、一回聞いてみたいくらいだ。

「アンタを見てると、いつも不思議に思うんですけど……店長からは、なにも言われないんですか？」

「ん？　当たり前だろう」

「当たり前のことじゃないから、聞いてるんですよ」

あと、威張《いば》って言うことでもない。

「僕には言っても無駄だと、諦めているからな！」

「それ、一番ダメなパターンだろ……」

店長ですら制御不能の、モンスター常連だと自らバラす安倍に、思わず突っ込んでしまう。もしかして俺は、やりあうのが面倒になった店長に代わって、コイツと毎度無意味な攻防をするためだけに雇われたのだろうか……!?

「ところで狐。そろそろ、窓拭きを終わらせないといけない時間ではないのかね？」

柱に飾られている振り子時計を指さされる。

「あっ！」

たしかに安倍の言うとおり、時間が迫っていた。

「やれやれ、このダメ店員にも困ったものだ」

「誰のせいだよ！」

これみよがしに肩をすくめる男に言い返し、俺は窓拭きを再開させる。

安倍は動く気配がない、それどころか調子外れの鼻歌が聞こえてきたので、今回もしてやられたと気づいた。

（ちくしょう、やられた！　今日もダメだった！）

結局、開店時間前に押し入られ、居座られた。毎度このパターンだ。

「狐」

「俺、今忙しいので」

言い負かされた悔しさで、窓を拭く手にも力がこもる。

けれど、勝者である安倍は敗者の気持ちなんて一切省《かえり》みず、話を続けた。

「かまわないから、そのまま聞け。……仕事は今のうちに終わらせておくように」

「……は？」

「なんだね、その嫌そうな顔は。もっと嬉しそうにしたまえ。今日は、探し物日和なのだからね」

たらりと、背中を嫌な汗が伝った。

この男の、うさんくさい仕事を手伝ってから二週間。あれから妙なこともなく、すべてはストレスによる幻覚だったのではないかと考えていたのに。

今になって、安倍はいい笑顔でめちゃくちゃ嫌なことを突きつけてきた。

「あの、安倍さん。これも言ってるはずですけど、俺はオカルトの類いは信じてないし、アンタの話は、正直ヤバい人の話としか思ってないんで、そういう話題を好む相手を頼った方がいいですよ」

「狐、君は春夏冬の従業員だろう。僕の手伝いも、立派な仕事だ」

安倍は、したり顔で表の看板にも書いてあるだろうと言うと、腕を組む。

「それに、君は絶対に手伝うさ」

いったいどこからそんな自信がわいてくるのかと、俺が半分以上呆れていると、にわかに外が騒がしい。

「ほん――に、ここに入るんですか？」

「あ――りまえじゃ！　さがしものっちゅーたら……――に、きまっとる！」

「でも……！　ここって、例のおんみょ――が……！」

ひとつは聞き覚えのある子どもの声。もうひとつは、まったく知らない男の声だ。

（なんだ？）

身構えた俺と違い、安倍はますます笑みを濃くして呟いた。

「来たな」

奴の確信を持った一声と共に、まだ開店前だというのに店の引き戸が勢いよく開かれ、鈴が軽やかな音を響かせる。

「兄ちゃん、おるか～！」

ふくふくとした頬の子どもが、満面の笑みを浮かべて戸口に立っていた。

この前、友達を捜してほしいと店にやってきた、赤という子どもだ。

「おっ！　兄ちゃん、おったな！」

俺と目が合うと、ぴょんぴょんと飛び跳ねるような軽い足取りで近づいてくる。

「なあ、なあ、兄ちゃん、こっちの奴がものかげからチラチラしてたから、つれてきてやったぞ！」

「は……？」

赤の後ろにいたのは、友人である長身の男、青さんではなく。

（……誰だ？）

ひょろりとした、色白の男だった。

「あああ、すみません、すみません……！」

訝しむ視線に気づいた途端、恐縮したようにペコペコと頭を下げる。

これはまた、ずいぶんと腰が低い。どっかの常連様の態度とはえらい違いだが、客であるならば言わなければならない。

「すみません。まだ、準備中なんですけど……」

安倍といい赤といい、遠慮なく入ってくるが店は準備中なのだ。

幸い腰の低い男は、話が通じる相手だったらしい、すぐにこちらの言いたいことを察してくれた。

「ですよね!?　やっぱり、そうですよね！　ほんと、申し訳ないです！」

そう店の入り口で言いながら、ずりずり後退していく若い男。けれど、そのシャツの端っこを、赤がむんずと掴み、強制的にこの場に留まらせる。

「こら！　なして、にげるんじゃ！」

「だ、だって、ここには結界《けっかい》が……！」

「そんなん、悪いことしなけりゃ、だいじょうぶじゃ！　おれだって前に来たとき平気じゃったし！」

「それはそうですけど、居心地は圧倒的に悪いですよね⁉」

なんなんだ、これは。コントか？

「なあ、赤。その人、ものすごく困ってるみたいだけど……本当に、この店に入りたがってたのか？」

どう見ても腰が引けている男を見ていられず助け船を出すと、赤は口をとがらせて頷いた。

「そうじゃ。ちらちら～ちらちら～、うろうろ～うろうろ～って。困ってるみたいじゃったから、連れてきたんじゃぞ」

それは、店の開店を待っていたというより店内の様子をうかがっていたというんじゃないだろうか？　ちょっと不審な感じだ。

「よし、わかった。警察を呼ぶ」

俺は力強く頷く。市民の義務として通報しよう。決意すると、慌てふためく声に制止される。

「ま、待って！　違います！　誤解です！　不審者通報はやめて！」

「待ちたまえ、狐」

その慌てようが余計に怪しいと思ったのだが、面白そうに俺たちを傍観していた安倍が口を挟んできたので、通報はできなかった。

よりにもよって安倍は、店の様子をうかがっていたという怪しい男に、こう言ったのだ。

「ようこそ、本日のお客人。さて、あなたはなにをなくされた？」

愛想笑いも百点満点な安倍の顔を見るなり、赤は「ぴぎゃ！」と悲鳴を上げて俺の方へ逃げてくる。

取り残された挙動不審な男は、一見すれば毒がなさそうな奴の笑みに見惚れ……それから真っ青になった。

「ま、まさか、あ、あなたがあの、お、おん――」

「中へ入るといい、お客人」

「いいえ！　滅相《めっそう》もない！　すぐ帰ります、真っ直ぐ帰ります、最大限の速度で大至急帰ります！」

ぐりん、と回れ右して逃げ出そうとする男。その背中に、安倍は悠然とした口ぶりで声をかけた。

「おや。だったら、顔はそのままでいいのかね？」

今すぐこの場から逃げ出したいと背中で語っていた男の足が、安倍の一声でピタリと止まった。ぎくしゃくと振り返り、呆然とした様子で呟く。

「……どうして、なにも言ってないのに……？」

「中に入るといい。この店員の淹れる茶はマズくて飲めたものではないが、店主の茶はなかなかうまい。まずは、茶でも飲んでゆるりと語りあおうではないか」

まるで安倍の言葉に操られるように、男は逃げ出そうとしていた足を一転、店内に向ける。

そして、ふらふらと中に入ってきて、促されるままに奥のボックス席へ吸い込まれていった。

「う～、いい奴なんじゃけど、やっぱりおっかねぇ……」

「なんだって？」

「にぎゃっ!!」

俺の足にしがみついたまま、様子をうかがっていた赤だが、耳ざとい安倍に笑顔で顔を覗き込まれると、跳び上がらんばかりに驚いて、またしても悲鳴を上げた。

「こ、こわくなんてないんじゃからな！　お、おれは、強いんじゃから！」

「ほお？　そうか。だったら、狐の足にしがみついて隠れていないで、出てきたらどうかね？」

「うっ、うぅっ……兄ちゃん～」

助けを求められた俺は、赤の頭を安心させるように撫でる。

「子どもをいじめるなって、何回言わせる気ですか」

「失敬だな。僕は誰もいじめていない。今のは少し、からかってみただけだ」

「やっぱり、今のわかっててやったんじゃないですか！　ったく……。赤、お客さんはこっちで預かるから、お前はもう帰って大丈夫だぞ」

怖がる赤に帰るよう促す。

安倍が苦手な赤は、すぐさま逃げ出すかと思いきや、なぜかますます俺の足に強くしがみつき、首を横に振った。

「赤？　心配しなくても、大丈夫だぞ？」

「……おれも、ここにおる」

「え？」

「ほお？」

俺は戸惑い、安倍は面白がるように、それぞれ声を上げた。

「困ってる奴をたすけてやれって、青が言うとった。つれてきて知らんぷりなんて、筋が通らん」

どうやら赤は、青さんから言われたことをさっそく実践し、店に依頼人とおぼしき相手を連れてきてくれたようだ。その上で、置いて帰ることはできないという。

「よかろう。好きにすればいい。お客人も、かまわないな？」

「え？　は、はい、残ってくれるなら、助かります、はい」

話を振られて、その人は慌てたように何度も頷いた。

子どもに頼る大人ってのも、格好悪いと思うのだが、隠す様子もなくよかったと繰り返している。

「ならば、さっそく本題へ入ろう。子どもには刺激が強いかもしれないが……まあ、これも社会勉強だろうさ」

にたりとあくどい笑みを浮かべた安倍は、奥のボックス席に移動してこっちを見ると、軽く手を挙げた。

はやく来いとの催促にも見えるし、好きにしろという態度にも思える。

「兄ちゃん。だいじょうぶじゃ、兄ちゃんが困ったら、おれがたすけてやる。だから、いっしょに行こう」

「………」

赤は、動かない俺をどう思ったのだろう。手を繋いで、大真面目にそんなことを言ってきた。

もしかして、怖がっていると思われたのか。この子なりに気を使っているのかもしれない。心配してくれている赤には口が裂けても言えないが、俺は別に怖がっていたわけではない。

ただ、安倍の思いどおりに動くのが嫌だっただけ。つまり、気に食わない相手への反発心だった。まあ、ほんの少しだけ、オカルトに関わりたくないとも思ったが。

「兄ちゃん」

赤は、情けない内情など知らず、真剣な面持ちで俺が動くのを待っている。

（いい子だな〜）

さっきといい今といい、子どもらしい思いやりには癒やされる。俺より赤の方が、なんだかんだと安倍を怖がっているというのに。

（ここで俺が同席しなかったら、また安倍にからかわれて、泣かされるんだろうな）

涙目で震える赤の姿が、目に浮かぶ。

（それをわかってて見過ごすのは、兄ちゃんとして、どうかと思うよな）

仕方がない。

俺は、赤の小さな手を握り返す。

「よし、もう大丈夫だ。行こう」

「おう！」

赤が、嬉しそうに笑う。

そして、お客さんを座らせたボックス席の横に立ち、俺たちのやりとりを眺めていた安倍もまた、笑った。

(想定内って顔が、またムカつくな)

決めてしまったものは仕方がない。俺は赤とふたり、ボックス席へ向かう。

悠然と足を組んで座った安倍の向かい側、ひたすら恐縮しきっている男へ向かって従業員らしく、メニュー表を差し出して口を開く。

「大変お待たせいたしました、お客様。メニューをどうぞ、お好きな飲み物をお選びください」

探し屋にやってきたお客様には、飲み物を一杯サービス。

それが、春夏冬のルールだ。

たとえ営業時間前だとしても適用されるずいぶんなルールだが、子どもと手を繋いだまま注文を促す店員というのも相当なものなので、おあいこにしてもらおう。

カウンターの上に、ティーカップとグラスが置かれる。

「はい、稲成くん。保明さんには、いつもの。お客様には、アイス抹茶ミルク、用意できましたよ」

注文をとったあと、すぐに店長が奥から出てきてくれたのだ。

話はすべて聞いているというように、俺が一から説明しなくてもテキパキと注文の品を用意してくれた。

「あと、これは稲成くんと赤くんに」

「え……?」

「麦茶ですよ。最近暑くなってきましたから、水分補給はきちんとしないと。保明さんは、ふたりを外に連れて行く気みたいだから、特に、ね?」

金魚の絵が描かれた、丸いフォルムのグラス。その中で、氷がカランと涼しげな音を立てる。

「ありがとうございます」

「いやいや、こちらこそ、いつもありがとう。保明さんを、よろしく頼みますね」

声をひそめた店長の顔には、苦笑が浮かんでいた。

それは、手に余る常連を押しつけたことに対する罪悪感とは違う、可愛い孫を語る祖父の顔に近かった。

たしかに、店長からしてみれば、安倍だって孫くらいの年齢だろうけれど——。

（なにか、引っかかるな）

だが、その引っかかりを解く前に、ボックス席の傍若無人な常連様から催促が入った。

「こら、狐。いつまで待たせる気だ。はやくしたまえ」

「すみません、ただいまお持ちいたします」

バイト中だから、俺の言葉遣いも相応に丁寧になる。

ちらりと見た安倍は、ボックス席からカウンターをのぞいていたが、俺と目が合うとしかめっ面をして引っ込んだ。

「やれやれ、困ったかただ」

口ぶりの割に、店長はちっとも困っていなかった。目に入れても痛くない可愛い孫を見るように、引っ込んだ安倍の方を見て優しい笑顔を浮かべている。

俺は、店長に軽く頭を下げると、飲み物をお盆にのせてボックス席へと運んだ。

「お待たせしました」

安倍は、待ちかねたというように鼻を鳴らす。本当に嫌味で偉そうな奴だが、こんな傲慢極まりない仕草をしても、映画のワンシーンのようだから、美形って得だ。

「狐、さっさと席に座りたまえ。君が立ちっぱなしだと、お客人が気を遣うだろう」

間違いなく最強に分類できる、希《まれ》なる図太い神経の持ち主は、俺に文句を言いつつも運んできた飲み物を受け取ろうとはしない。

俺が「はい、どうぞ」と目の前に置くのが当然とでも言いたげに、指一本すら動かさない。

「兄ちゃん、手伝うぞ」

対して、赤のなんと優しいことか。横ですましている安倍の野郎に、この子の爪の垢でも飲ませてやりたいくらいだ。

「いいよ、お前は座ってろ。ほら、これ。店長から、お前にだ」

立ちあがりかけた赤を制すると、目の前に金魚柄のグラスを置いてやる。

「わあ〜！　兄ちゃんもじいちゃんも、ありがとうの！」

無邪気な歓声とお礼の言葉に、カウンター越しの店長が笑う。

安倍の隣を避け、お客さんの隣に座っていた赤は、にこにこして両手でグラスを持った。その様子が微笑ましくて、俺もお客さんもつられて笑ってしまう。ニコリともしないのは、人を急かすだけ急かして手伝う気は一切ない、安倍だけだ。

「狐、さっさと座れ。何度言わせる」

今の微笑ましい光景など目に入っていないのか、それとも興味がないのか、奴は淡々と俺に着席を促した。最後に、さらりと嫌味が交ざっているのがまた腹立たしい。

（急かすくらいなら、手伝え。俺が誰の仕事に付き合わされてると思ってるんだ）

喉まで出かけた言葉は、お客さんや小さい子どもの手前だからと飲み込んで、横柄な男から目で示された席、奴の隣に腰をおろした。

「さて、それでは本題に入るとしようか」

紅茶に一口だけ口をつけた安倍は、音ひとつ立てずにカップを置く。

口元だけは笑みの形につり上げつつも、目にはまったく感情を浮かべず向かい側に座る男を見た。

安倍の視線に射貫かれたかのように、冷たい抹茶ミルクを飲んでいた男の肩が跳ねあがる。隣に座る赤も、つられたように飛びあがり固まってしまった。

そろって同じような反応。つまり、ふたりは安倍を怖がっていることになる。

「………」

グラスを置いた男は、うつむいてしまった。居心地悪そうにしながらも、ちらちらと俺と安倍の様子をうかがっているのは、なにか言いたいことがあるからだろう。

このままでは、埒《らち》があかない。

「あの、探してほしいものがあるんですよね？」

短気を起こした俺が口火を切ると、まるで聞かれるのを待っていたかのように、男は顔を上げた。

にわかに表情が明るくなる。

「そ、そうなんです……！　そうなんですよ！　とても大切なものなんです！　なのに、みすみす奪われるなんて！」

「奪われた？」

今度は頭を抱え、劇の登場人物のように大げさな仕草で苦悩し始めた男。それを冷めた目で眺めている安倍がノーリアクションなのは、まず置いておく。

俺は、奪われたという言葉が気になった。

「奪われたって、誰かに盗られたってことですよね？　それなら、警察に届けを出すのが先じゃないですか」

「そ、そうですよね？　人間社会に溶け込んで暮らしているんだから、こういう時こそ警察を頼れたらよかったんですけど……！　でも……」

「でも？」

「きっと、警察は真剣に取り合ってくれません！　そりゃあ、ボクだってチラリとは頭をよぎりましたが、すぐに無理だと気づきました……！　だって、彼らはあくまでも、人間のための組織ですから！」

「……ん？」

話がなんだか、妙な方向に行き始めたような……。

熱弁を振るう男の横では、ようやく立ち直った赤が、同調するように何度も首を縦に振っている。

「けいさつっちゅーのは、おれもよくわからんから、嫌じゃな」

「やっぱりそう思います？　結局、人間感覚でしか物事を推し量れないところですよ、そんなの行くだけ無駄ですよね、無駄の極みです！」

「……おれ、そこまでは言っとらんぞ？」

ますます勢いに乗る男は、早口でたたみかけた。

ちらりと隣を見れば、こういう変な話題が大好きなはずの安倍が食いつかない。むしろ、冷めた様子で好きなように喋らせている。

（ど、どうすんだよ、この収拾《しゅうしゅう》つかない変な空気！）

俺はごまかすように咳払いし、麦茶のグラスに口をつけた。冷えた麦茶は、喉をほどよく潤して、気分をすっとさせてくれる。リフレッシュしたおかげで、おかしな聞き間違いは、もうしないだろうと思ったが……。

「そもそも、近頃はあれですね！　本当に、我々のような存在は生きにくい世の中になりました！　あなただって、陰陽師《おんみょうじ》の支配下に置かれ低賃金なアルバイトに精を出すくらいですから、生活……やっぱり、苦しいんですよね？」

「は？　俺？　えっと、おっしゃる意味が、よく……」

早口にまくし立てられたかと思ったら、次はよくわからない同情をされ、俺は引きつった愛想笑いを浮かべるのが精一杯だ。

ただ、横の常連様は違った。

「言いがかりはやめてもらおうか。この狐には、きちんとした給金が支払われている」

腕を組み、背もたれに寄っかかりふんぞり返る安倍。それだけで、偉そうな雰囲気が倍増する。

トドメのように、奴は細めた目でじろりと男を睨んだ。完全な威圧だ。どう見ても、客に対する態度ではない。

「なんでアンタが俺の給料額を知ってるんですか」

意識をそらすため、それとなく脇道にそれた話を振ってみた……が、機嫌の回復は見込めなかった。

「僕に知らないことなどないのだよ、狐。それより、僕は今、腹が立っている」

俺の疑問に、答えになっていない答えを寄越した安倍。そのまま、苛立たしげに、テーブルを指先で叩きだす。

――トントントン。

これは、相当苛々しているとわかる強さとスピードだ。

赤にも苛立ちが伝わったのか、怯えたように身をすくめ口をつぐんでいる。

(けどなぁ……)

なぜ、賃金云々《うんぬん》でここまで切れるのか、わからない。もしかしたら店長と親しいから、店長がブラック認定を受けたと思い怒ったのかもしれない。それにしても、切れすぎだが。

「そうですか。だったら、昼飯には少し早いけどなにか食べます？」

「誰が空腹と言った。腹立たしいと言っているんだ。君は日本語も不自由なのか？　通っているのは、文系の大学だろうに」

「ちょっと待ってください。俺、アンタに通ってる大学教えてませんよね？　なんで知ってるんですか？」

「何度も言わせるな、ダメ狐。この僕に知らないことなどない」

意味不明の返答はいつものことだが、語気は普段より荒い。

ちらりとお客さんを見れば、こっちはこっちで安倍の不機嫌さに完全に当てられたようで、真っ青になってガタガタしている。

赤にいたっては、涙目。俺と目が合うと「兄ちゃん」と震え声で助けを求めてきた。

これはやっぱり、仕切り直しが必要だろう。

「はいはい、わかりました。アンタはすごいです。で、なにを食べますか？　赤も、好きなもの頼め。今日は俺が奢《おご》ってやる」

「はあ？　だから僕は……」

「頼ってきたお客さんが萎縮《いしゅく》してなにも話せないようじゃ、仕事どころじゃない。違いますか？」

こそっと指摘すれば、安倍は思いきり顔をしかめた。

テーブルを叩く、神経質そうな指の音は止まり、「ふう」とため息をひとつ吐き出した安倍は、メニューも見ずにこう言った。

「それじゃあ、本日のおいなりさん。子鬼、狐がここまで言っているんだ。お前もなにか頼むといい」

「で、でも」

赤が怯えと戸惑いを含んだ視線を安倍に向け、今度は俺の方を見る。

「ああ、なんでもいいぞ。あ、ババロアなんてどうだ？　店長の手作りで、苺ソースがかかってるんだ。うまいぞ〜」

俺がわざとらしいまでに明るく言うと、赤はようやく笑ってくれた。

「じゃあ、おれ、それ食べたい……ありがとうの、兄ちゃん」

立ちあがった俺は、くしゃくしゃと赤の頭を撫でた。

「どういたしまして」

「……へへへ」

やっぱり、子どもが笑顔だと場の空気も明るくなる。

多少機嫌がマシになった安倍が、奴らしい皮肉を混ぜ込んで茶々を入れてきた。

「狐。本日のおいなりさんなら、君も頼んでかまわないぞ。店主に言って、特別にご飯を抜いてもらうといい」

「ちょっと待て」

「なにかね、狐。君が頼めと言ったんだ、早く店主に注文を伝えてこい」

「アンタ、今さらっとひどいことを言いませんでしたか？　具体的にどの辺かといえば、俺の分だけ飯を抜けとかなんとか……」

おいなりさんから飯を抜けば、それはただの味のついた油揚げだと思うのだが？

俺の抗議の視線を受け止めた安倍は、ようやくいつもの笑顔を浮かべた。

「ひどいだなんて、心外だ。僕なりに感謝の意を示したつもりなんだがね。だって、狐は油揚げが好物と、相場が決まっているだろう？」

ぱっと華やぐような笑いかたは、コイツの無駄に整った容姿によく似合う。

誰だって、相談事をするならば怖い顔の美形より、笑顔の美形の方がいいだろう。

ただし、今みたいな場合、もれなく俺の神経を逆撫でするけれど。

いつもの調子を取り戻した安倍に言い返そうとしたが、お客さんがいたことを思い出して俺は慌てて頭を下げた。

「す、すみません！　お客様は、なにか召し上がりませんか？」

「は、はい！　そ、それじゃあ、おいなりさんを。あの……仲が、いいんですね」

「は？　まさか。全然です」

真顔になって、否定してしまった。

この、顔に神様ボーナスを全振りしたような男と仲がいいなんて、冗談でもありえないと首を左右に振ったというのに、依頼人に届いた様子はない。

「……陰陽師相手に……君は、若いのに肝が据わっていますね」

感心したような男が呟いた内容。

その一部には、俺が大嫌いなオカルト的単語が含まれていたので、営業スマイルを浮かべ全力でなにも聞こえなかったふりをした。

「店長！　本日のおいなりさんとババロア、注文入りました！」

「……やれやれ。狐のウソツキは、重症だな」

呆れたような安倍の声も、当然聞こえないふりだ。

――聞こえていたって、そんな普通ではないこと……受け入れられるはずがないに決まっている。

春夏冬で出されているメニュー『本日のおいなりさん』は、〝本日〟とつくように日によって中身が違う。店長の気分で中身が変わる、気まぐれメニューなのだ。

酢飯に白ごまというシンプルな組み合わせの場合もあれば、しょうがとクルミを混ぜ込んだり、にんじんやゴボウの時もある。多種多様で飽きない、俺的激推しメニューなのだが、なぜか注文する人はあまりいない。

ちなみに今日は、ゆかりご飯だった。

「チッ、やっぱりゆかりか」

狙いが外れたのか、安倍は一口かじったあと、残念そうに呟いた。

刻んだ梅も入っているから、かりっとした食感と梅の酸味が食欲をそそる、素晴らしい組み合わせとだ俺は内心大絶賛しているのだが、どうやらコイツの意見は違うらしい。

やっぱり……なんて言うくらいだから、予想はしていたのだろう。それなのに、あえてチャレンジするのは、意外と勝負師だからか？

眉間にしわを寄せて、実に嫌そうな顔をしている安倍をチラチラ観察していた俺は、向かい側から見るとよっぽど物欲しそうに見えたらしい。

「あの……あなたは食べないんですか？」

皿にのった、ふたつのおいなりさん。

そのひとつを、見た目にそぐわず豪快に手掴みにし、口に運んでいた男が、俺の方を見ておずおずと声をかけてきた。

スプーン片手に、ババロアに目を輝かせていた赤も、ハッとした顔で俺を見ると、眉を八の字に下げてしまう。

「おれにごちそうしてくれたから、お金なくなったんか？　これ、半分食べるか？」

「勤務中なので注文していないんです。気にしないでください。赤も、気にするな」

「そうですか？」

「おう……」

男は店の制服を着ている俺を見て、それもそうかと納得したのか引き下がった。

赤は、まだ気になるのかババロアに手をつけない。この子の性格上、気にするなと言っても無理なのかもしれない。

下手に注意を引いてしまったことを後悔していると、横の常連様が思わせぶりにため息をついた。

「やれやれ、手のかかる連中だ」

なにを思ったのか、まだひとつ残っているおいなりさんの皿を、ぐいぐいとこっちの方に押しつけてくる。

「なんですか？　まだひとつ残ってますよ」

不得意そうだったから、もう下げろという意味かと思い、若干非難を込めた口調になってしまった。

だが、安倍は紅茶をごくごくと飲み干すと、さらにずいっと俺の方に皿を押した。

「梅は酸っぱいから好かん。もうひとつは、君が食べるといい」

「へ？」

「……………」

俺の間抜けな返答がお気に召さなかったのか、安倍はきれいな顔をぐっとしかめた。

そして、ぶっきらぼうに一言付け加える。

「……好物なんだろう。なら、食べろ」

「……………」

傍若無人を絵に描いたような安倍が見せた、ものすごくわかりにくい優しさに、俺だけでなく、向かい側で押しやられた皿を目で追っていた男と赤も、驚いていた。

驚きの次は戸惑いを感じる。だが正直なもので、俺の手はしっかりと皿に伸びていた。突っ返すのも、安倍の気遣いと面子を潰してしまうし、本人は苦手のようだし、といろいろ心の中で言い訳し、俺はありがたく受け取る。

「……じゃあ、いただきます」

「ふん」

人が礼を言えば、なにが気に食わないのか鼻を鳴らしてそっぽを向く。

なんというか——本当に読めない常連客の行動。ただ、向かい側に座っている男には、いい意味で衝撃を与えたらしい。

しばし呆然と俺たちを見比べていた彼は、ふと肩の力が抜けたように笑った。

「……仲がいいんですね」

また同じことを言われたが、もぐもぐとおいなりを咀嚼《そしゃく》していた俺は、なんとも答えられず、首だけを横に振る。仲はよくないから、と。

すると、男は安心したように、ますます眉じりを下げた。

「食べながらでかまいません。どうか、話を聞いてもらえますか？」

さっきまでの挙動不審さが嘘のように落ち着いた様子で、男は安倍を見た。

「そちらのかたは、もう気づかれているようですが……ボクは、自分の〝顔〟を探してもらいたいんです」

しっかり目と鼻と口がついている男が口にしたのは、そんな奇妙な依頼だった。

「顔って、え？　いや普通に、ついてる……痛っ！」

今、俺たちと向き合っているそれはなんだと思った俺の足は、黒塗りのテーブルの下で安倍に思い切り踏みつけられる。

黙っていろとでも言いたいのかもしれないが、ぐりぐり力を入れてくるあたり陰険だ。

「～～っ!!」

「失礼した。続きを頼む」

呻いている俺を無視した安倍は涼しい顔で、男に話の続きを促す。

「は、はい……。ボクは最初、自分の顔がわからなくなってしまったのだと思いました。いろいろ顔を変えているから、本当の顔が思い出せなくなる……いわゆる、職業病になったんだと」

ちょっと待ってほしい。顔をいろいろ変えるとか、本当の顔を思い出せなくなるのが職業病だとか……この人いったい、何者だ？　詐欺師かなにかか？

そう言えば、さっきも警察は頼れないとか言っていたような……。腰が低くて気が弱そうな雰囲気だが、それで相手を油断させる、凄腕の極悪詐欺師なのか？

「狐、ひとり脳内で盛り上がっているようだが、現実に戻ってこい。……こちらのお客人は、君のガチガチ石頭な固定観念の外側に属するかただ」

「…………」

ちらりと安倍を見れば、口元がニンマリと弧を描いている。向かい側に視線をやれば、男は思い出したように立ちあがり、ぺこりと頭を下げた。

「失念していました。こんな、顔をなくした状態では、ボクがなんなのか、わかりにくかったかもしれませんね！　――どうも、のっぺらぼうです！」

のっぺらぼう。

（へえ……ずいぶん、変わった名字だな）

そういう方向に逃げ出そうとした俺を、赤と安倍が追撃してきた。

「なんじゃ、兄ちゃんは、のっぺらぼうと会ったことなかったんか？　けっこうおるのに、めずらしいのう」

「のっぺらぼうも、最近は趣向《しゅこう》を変えているそうだしな。普段は顔を作っておいて、適切なタイミングを見計らい振り返ったときに、つるんとした素顔をさらし対象を驚かせると聞いている」

やめてくれ赤！　そして、安倍！　なんで平然と話にのっているんだ⁉

俺にはごく普通の人にしか見えない。目と鼻と口がついている、その辺にいる人だ。失礼を承知で言えば、これといった特徴がないから印象に残らない顔だが……。

（顔を作ってるからってことなのか？　いや、安倍に毒されるな俺！）

でも眼鏡を外したらもしかして――と一瞬考えてしまった。

俺がおかしな考えを振り払っているうちに、オカルトチックな会話は進む。

「さすが、我々のことをよくご存じですね」

「なに、君たちが時代と共に変化するように、こちらのありかたも時代と共に変容《へんよう》しているだけだ。だが、毎度毎度顔を変えていれば、職業病を懸念《けねん》するのも頷ける。もっとも、この場合は種族病と言うのかもしれないが」

「ああ、そっちの言いかたが適切かもしれません。でも、顔がないのはボクたちのっぺらぼうだけではありませんから、種族病なんて勝手に言うと同類たちがうるさいんですよ」

どうして普通に会話が成立しているんだ!?　ツッコミ待ち？　もしかして、三人ともボケ担当で、ツッコミを待ってるのか？

「ふむ。そのうるさい同類たちの誰かから、大事な顔を奪われたというわけか」

「……そこまでわかってしまうんですか？」

「おんみょうじって、やっぱりすごいんじゃのう……おっかねぇ」

違う。これ、ツッコミ待ちですらない。もはや俺の参加できる領分《りょうぶん》ではない。

「ふん。当然だ。……おい、狐。なにを逃げようとしている」

察した俺は、もうダメだと腰を浮かせて戦線離脱を図るつもりだった。それを安倍に目敏《めざと》く見つけられ、咎《とが》められる。

「い、いえ、話について行けそうにないので失礼しようかと。よかったですね、話が合う人ができて」

オカルト的な話題が好きっぽい安倍だ。その手の話で盛りあがれる人が来てくれて、嬉しいだろう。だから俺は解放してくれ、ついて行けない。

そんな思いを込めたというのに、安倍の野郎は、まるで言葉の壁にぶつかった異邦人のように、ぐぐっと眉をひそめ口を曲げた。

「この、ガチガチ石頭のウソツキ狐め。見えないふりはやめろと言っているのに」

「………………」

「まあ、いい。……顔を奪われたのならば、さっさと取り返せばいいだけだ」

「ええ!? 相手までわかるんですか!?」

「当たり前だ。僕の目は、探し物に向いているんだからな」

「よかったのう！」

安倍は、自信満々に言い放った。

普通、頼んだ相手がこうまで自信に満ちていたら安心するんじゃないだろうか？　現に連れてきた赤は、我がことのように嬉しそうにしている。それなのに、当の本人は急に意気消沈し、かと思えば、おろおろし始めた。

「あ、あの、あまり、乱暴なまねは……」

「なぜだ？　のっぺらぼうの顔を奪う……これは、アイデンティティーを揺るがすような事態だろう」

「それでも……！」

男の態度が引っかかり、俺は逃げ出そうと浮かせていた腰を、再び落ち着けてしまう。

その必死さ——まるで、誰かを庇《かば》っているような……。

「なんじゃ？　うれしくないんか？」

探し物が見つかる。それは喜んでいい事態なのに、煮え切らない態度。

赤もおかしいと感じたのか、首をかしげた。

「い、いえ、嬉しくないわけではないんですけど……でも、向こうも悪気がなかったと思うし、穏便に解決したいというか」

しどろもどろに続ける男に、いよいよ赤が不審そうになる。

「もしかして、だれがとったか、わかっとったんか？」

瞬間、男の顔がサーッと青ざめた。子どもらしい遠慮のない質問は、核心を突《つ》くものだったようだ。

ちらりと横を見れば、安倍は輝かんばかりの笑みを浮かべている。赤の質問は、やりづらいお客さんに対する、特大の爆弾だったらしい。

「さてお客人、ここからは真実のみを話してもらおうか？」

ふと笑って、小首をかしげた安倍。細めた目からは、またしても感情がきれいに隠されてしまい、なにも読み取れない。

向かいあう男は、最初に戻ったように青い顔でうつむいたが、これ以上ごまかすのは無理だと観念したのか「すみません」と小さく呟いた。

「ボクの顔を奪ったのは……ボクが愛してやまない、彼女なんです……」

懺悔《ざんげ》するかのように神妙な声が明かした真実は、これまたびっくりな内容だった。

（彼女って、つまり……）

これは、もしや恋愛関係のもつれというやつではないか？

安倍が意味深に笑って、子どもには云々と言っていたのは、今日の依頼が男女間のいざこざに端を発したものだと気づいたから。

赤が連れてきた挙動不審な男を見た瞬間、安倍はそんな深い部分までわかっていたのだろうか。

ちらりと隣の常連をうかがい見れば、奴は口元だけを笑うように持ち上げたまま男の話を聞いている。得意の、感情が読めない笑いかただ。

「彼女と食事に行ったんです。場が盛りあがって、二件目で楽しくお酒を飲んで……ふと目を覚ますと、ボクは自分の家にいました。相当酔っ払って帰ってきたのか、服も着替えずソファで寝落ちしたらしく……まずシャワーを浴びようと浴室に移動したところで、顔の異変に気がついたんです」

「ふむ」

「でも、その時はまさか彼女が……なんて思っていなくて。彼女も、あの時は相当飲んでいたから、きっと悪ふざけだったんだと思います！　いつもは隠している黒い歯を見せて笑っていたし、彼女のつるりとした顔も酔いで赤くなっていましたから。でも、素面《しらふ》に戻ってからことの重大さに気がついて……自分を責めているに違いないんです！」

「………………」

気がつけば、安倍はとてもつまらなそうな顔で男を見ていた。とても客の話を聞く態度ではない。

男も、気のない様子の安倍に腹が立ったのか、一度言葉を切った。

お互いが一言も口を開かないせいで、沈黙が流れる。

赤はいたたまれない空気を察したのか、ババロアを食べる手を止めてしまう。気まずそうに身じろぎして、かわいそうだ。なのに、いい大人であるはずの連中は、そんなことにすら気づかない。

「……おい」

耐えきれなくなった俺が、安倍の足を軽く蹴る。すると奴は、それが合図になったように動いた。片手を、店の入り口の方へ向けたのだ。

「どうぞ」

「……え？」

「お帰りは、あちらだ」

呆気にとられる俺。状況について行けない赤。

依頼人である男の蒼白《そうはく》に近かった顔は、じわじわと赤くなっていく。

そして、興味関心が消え失せたという風体の安倍。

「つまり……ボクの依頼は、受けられないと？」

立ちあがった男が、怒りを押し殺した声で問いかけているというのに、安倍は腕を組んだまま、ふんぞり返っている。

「………」

「わかりました」

一言も口を開かない安倍を見て、男は失望したようにため息をひとつ吐き出した。

「あなたたちのやりとりを見て……もしかしたら、他の連中とは違うのかもしれないなんて……期待したボクがバカでした。結局、あなたがたは、ボクたちのような存在を狩ることしか頭にないんだ。失礼します……！」

「ちょ、ちょっと待つんじゃ！　こいつは、たしかにおっかねぇけど、いい奴なんじゃ！　ちゃんと話したら、わかってくれる！」

赤が慌てて引き止めるが、男は「もう結構です」と首を横に振った。

「子鬼、通してやれ。この場に留める必要はない」

安倍にまで言われて、赤は渋々と席を下りて男を通す。

「やっぱり、こんなところ来るんじゃなかった。……無駄じゃないか」

当てつけのように吐き捨てられた言葉に、連れてきた赤の顔が泣きそうに歪《ゆが》む。

「おい、なにも赤の前でそんな風に言うこと……」

安倍の態度は最悪だが、赤は違う。親切心で連れてきたのだ。困っていたから、自分も助けられたからという理由で。

そして、一度は帰ろうとして残ったのは、依頼主本人の意思だ。

あんまりな態度にカチンときて、俺が思わず口を挟むと男はこっちを見た。

「どうしてこんな人間と一緒にいるのか知らないが、早く離れるべきだ。――こいつらは、ボクたちの存在を、この世から消し去ろうとしているんだから」

「え？」

「どうせ神隠しも、お前たちの仕業なんだろう陰陽師《おんみょうじ》……！」

忌々《いまいま》しそうに言い捨てた男は、今度こそ振り返らなかった。

だから、自分の捨てゼリフで安倍が顔色を変えたこともわからなかったのだろう。

気づいていたら、きっとなにかしらのリアクションがあったはずだ。

安倍は、男が足音も荒く出て行った店の出入り口を、親の仇《かたき》を見るような目で睨みつけていたのだから。

さっきの苛立ちなんて、可愛いものだ。赤は俺にしがみつき怯えている。正直、俺だって声をかけることをためらうほど、安倍は今、激怒していた。

「おい」

「な、なんでしょう？」

思わず敬語で返事をすると、安倍は視線を店の引き戸に向けたまま、無表情で言った。

「奴を追う」

だからどうした？　勝手に行け。

とてもではないが、そんな軽口を叩ける空気ではない。

安倍は、ついてこいとも付き合えとも言わなかったが、一緒に行くのは決定事項のように思えた。

「店の制服は着替えろ。表で待っている。五分で支度しろ」

視線の重圧を感じ、俺は赤を足にくっつけたまま頷いた。安倍は、こちらの反応などろくに見もせず、さっさと席を立ってしまう。

「のっぺらぼうめ、いったいなにを知っているのか、暴いてやる」

唸《うな》るような一言を残し、店を出て行く安倍。

五分で支度しろと言われた俺は、情けない顔で店長を見た。常に温和な笑みを浮かべているはずの店長も、安倍のただならぬ様子を見てしまったせいか、難しい顔をしていた。

「……稲成くん」

「は、はい」

「申し訳ないけれど、保明さんに付き添ってもらえませんか？」

「えっ？　店長がいいのなら、もちろん……」

「本当に、申し訳ない。でも、お願いします。……今のあの人を、ひとりで行かせるのは心配だから」

俺が頷くと店長は安心したのか、ようやくいつもの——とはいかないまでも、笑顔が戻ってきた。

「お、おれも行くぞ！」

「赤、お前は無理しなくてもいいんだ」

「じゃけんど、のっぺらぼうをつれてきたのはおれじゃ！　おっかねぇことになったんは、おれのせいじゃ！　おねがいじゃ、兄ちゃん！　つれてってくれ！」

最後の短いやりとり。あの捨てゼリフのせいで、赤はすっかり責任を感じてしまったようだった。置いていっても、こっそりついてきかねない。

「わかった。じゃあ、一緒に行こう」

さすがに、あの状態の安倍と一緒に待ってろというのは酷だ。着替えるから少し待と言うと、赤は神妙に頷く。

「じゃあ、着替えてから、赤と行ってきます」

「はい。気をつけて」

店長も、無理に引き留めることはできないと考えたのか、赤の同行を止めることはなかった。

店の奥に引っ込み、ロッカーで私服に着替え、店の裏口から出る。ぐるりと表に回ると、無表情で立っている安倍が見えた。

とてつもない威圧感を漂わせている。こんな奴が視界に入れば、即座に回れ右したくなるのか、向こうから歩いてきた野良猫が、くるりと方向転換し走り去っていく。

「安倍さん……営業妨害レベルで怖いんですけど……」

「――来たか」

こういう時、いつもの安倍ならなにかしら言い返してくる。それなのに、軽口の応酬すら省略して、自分の言いたいことだけを吐き出す姿は、もともと整った容姿のせいもあり、ロボットみたいに見えた。

感情が読めないのではなく、最初から感情がないのではないかと錯覚させるような無表情だ。

「それはかまいませんけど……あてはあるんですか？」

「ああ」

「あの、赤も一緒で……」

まだ話の途中。そして、俺にくっついてきた赤が見えないはずがない。それなのに、安倍は一方的に話を切り上げるとさっさと歩きだす。

そのスピードは、赤が依頼してきた時と比べものにならないくらい速く、子どもの歩幅では追いつけない。必死に食らいつこうとした赤が転びそうになったので、見ていられず俺は赤を背負い、安倍を追いかける。

以前はコイツなりに気遣っていたのだと、この状況になって初めて気づいた。

（ずいぶん、わかりにくい気遣いだな）

あれだけ怖がられていた子どもに、絶対に伝わらないだろう気遣いをして、やっぱり誰にも気づかれなかった。それを、なんとも思っていない。表に出そうとしない。

ずいぶんと、器用で不器用な奴だ。コイツが、本当に見たまんまの無神経人間だったら、さっきのおいなりだって、俺にくれたりはしないだろう。

「安倍さん」

俺が名前を呼ぶと、先を歩く安倍のスピードが少しだけ落ちた。

「行こう」

「……なんだ、その格好は」

肩越しに向けられた視線が、俺たちをとらえて不思議そうなものへと変化する。

「なんだって言われても、競歩並みのスピードで先に行くから、赤が転びそうになったんですよ」

説明すると、安倍の歩く速度がみるみる落ちた。

「アンタ、なにをそんなに怒ってるんですか？」

「おれがよけいなことして、つれてきたせいじゃろ？　ごめんな」

俺に背負われた赤が、しゅんとした様子で安倍に謝る。

「違う。……子鬼、お前がなにかしたわけではない」

即座に否定した。赤のせいではないのだと、安倍はきちんと言葉にした。

「お前は悪いことなどしていない。だから、謝らなくていい」

「……おう」

俺だって、安倍が赤に腹を立てているとは思っていない。ただ、赤の様子が目に入らないくらい怒っていただけなのだろうが、その理由がわからないのだ。

「俺は、あのお客さんが怒った理由は、だいたい想像できるんです。たぶん、アンタが途中でやる気ない態度になって、出口はあっちだなんて言いだしたからだろうなって。でも、アンタが怒ってる理由は、わからない」

とうとう、歩調が並ぶ。

「……聞いてどうする」

「え？」

「君は、また知らないふりをするんだろう？　僕の語るあれこれは、君の思う普通とは違うから」

前を向きながら、淡々と語る安倍。その横顔には、やっぱり感情らしいものなんてひとつも浮かんでいなかった。なまじ整っている容姿のせいで、人間味がまったく感じられず、近寄りがたい雰囲気を醸《かも》し出している。

――もしかしたら、ここは引き下がるのが正解だったのかもしれない。

安倍の言うとおり、俺の普通を守るためには、知らないふり聞かないふり見ないふりで、逃げてしまうのが正しい判断だったんだろう。

「話の端々から、アンタがだいぶ普通じゃないってことは察してる。……だからさ」

それなのに、この時一歩踏み込んでしまったのは――。

「俺に、教えてくださいよ。……アンタのしていることを。探し屋の、仕事を……さ」

安倍保明という人間が、実はものすごく寂しい奴なのではないかなんて、バカなことを考えてしまったせいだ。小学校、中学校と、友達が一切できなかった過去の自分とかぶった……なんて知れば、プライドがものすごく高そうなこの男は激怒するかもしれないが。

俺の返答を聞いた安倍は、ようやくこっちに視線を寄越した。

驚いたようにまん丸くなった目。

その、初めて見る無防備な間抜け面に、俺は笑った。

「……驚いたな。君は、逃げると思ったんだが」

「予想が外れてショックですか？　はは、ざまーみろです」

「心底驚いた。本当に……君は予想外のことばかりしてくれる」

不愉快そうにするかと思いきや、安倍は険の取れた顔で笑った。なんだか楽しそうだ。

「おれもじゃ！　おれも、手伝うぞ！　困ってる奴らをたすけるって決めたんじゃ！兄ちゃんたちが困ってるなら、おれが手伝う！」

「……子鬼まで。僕が怖いんじゃないのか？」

「でも、おれは知っとるよ。いい奴じゃって」

「…………」

言葉をなくした安倍に、俺は言った。

「よかったですね、子どもに好かれて」

「君がいると、予想外の事態が次々と起こる。驚きの連続なんて初めてだ。お礼に、僕のことをひとつ明かそうか。子鬼も口にしているが……僕は、君の言うオカルト的存在……陰陽師だ」

安倍保明という男は、なんと現代の陰陽師らしい。現実離れもいいところだ。

「信じていないな、石頭狐め」

「……普通は、信じないと思いますよ」

「また出た、普通。君は本当に、それが好きだな」

「ふつうが好きじゃったら、だめなんか？」

普通とかけ離れた男は、赤の疑問に肩をすくめる。

「子鬼、よく考えろ。君や僕という存在を、無視してやると宣言しているようなものなのだぞ。なんて意地の悪い奴だろう。そう思わないかね」

安倍の言葉に不安を煽られたのか、俺の肩に掴まっていた赤の手に力がこもる。

「に、兄ちゃん、おれのこと、むしするんか？　もう、話してくれないんか？」

「そんなことしない！　おいコラ！　純粋な子どもに、なんてことを吹き込んでるんだよ！」

「冗談だったのに」

「質《たち》が悪いなアンタ！」

言い返してやれば、安倍はからからと笑う。

「安心したまえ、子鬼。その狐は、ちゃんと僕やお前を認識しているよ。そして、性格上、一度認識した相手を無視したりなどできない」

「む〜」

からかわれたと悟った赤は、不満そうに唸った。

「だからアンタ、子どもに好かれないんですよ」

「ふん」

注意すると、安倍は肩をすくめた。

コイツに関わると、俺が加わっていたい普通のカテゴリからどんどん外れていく気がする。いつもなら、それだけで言いようのない焦燥感《しょうそうかん》に駆られたのに――今は、不思議と落ち着いていた。

「……似てるからか？」

「誰と誰がだ」

「独り言に返事しないでください」

「君の独り言が大きいんだ。……で？　誰と誰が似ているって？　ああ、一応忠告しておくが、君と僕が似ているなんて言いださないでくれよ？　僕は、いつまでも現実を受け入れられない、いじいじうじうじ狐とは違って、己の能力を把握し、それを生かすことを考えて日々の生活を送っているのだからな」

――よし。前言は、すべて撤回しよう。

「アンタ、やっぱりものすごく性格が悪いですね。絶対、友達いないでしょう」

「いないんじゃない。僕が、必要としていないだけだ」

「威張って言うことか！」

いつもの調子を取り戻した俺たちに、赤も安心したように笑う。

「よかったのう！　これで、もとどおり友達じゃな！」

言葉どおり、傍から見ればそれは友人同士のくだらない会話だった。

くだらない話と真面目な話半々で歩き、着いた先は駅前通りの裏路地だった。

だんだん狭くなる通路を抜けると、一度開けた場所に出た。そこから、さらに奥は階段になっていて、下に延びている。

俺たちはその階段を囲む両脇の壁に背中を預け、門番よろしく立っていた。

駅前にはよく来るが、こんなところがあるなんて今まで知らなかった。俺は物珍しい気分で辺りを見回す。

特に気になるのは、この階段だ。

階段の先は、いったいどうなっているのかと思い、ちらりと視線を落としてみたが、高い建造物が周りを囲んでいるせいで、昼間なのに日光が届かないため暗く、奥に行くほど様子がわからない。

「……気になるか？」

物音ひとつ聞こえないから、行き止まりだろうかなんて考えていたら、向かいの壁に寄りかかり腕を組んでいた安倍に声をかけられた。

そんなに露骨な視線を向けていただろうかと気まずく思いつつも、ここでごまかすのもまたおかしいと気づいて、素直に肯定する。

「はい。この下には、なにかあるんですか？」

「日中はまだ開いていないところが多いが……妖たちがよく利用する店が多数入っている。夜はなかなかの賑わいで、もうひとつの繁華街《はんかがい》だな」

「へぇ～……」

「兄ちゃんは、来たことないんか？」

「俺が？　いや、ないな。赤は来たことあるのか？」

普通に考えて、あるわけがない。けれど、赤は当たり前のように聞いてきた。そして、俺の問い返しに無邪気に答える。

「おう！　おれは、よく来るぞ？　たまに、外から来た奴が店を出したりするんじゃ」

補足するように、安倍が続けた。

「流しの商人だな。妖の繁華街とはいえ、一定の秩序はあるから、危険なものは売りまい。

買い禁止だ。子鬼が危ないものを掴まされる確率は、限りなく低い」

妖の繁華街。また、とてつもない不思議ワードが飛び出したが、もういちいち驚くまい。

安倍はこういう奴だから、俺の内心なんて見透かしているのだろう。面白がるように一笑したあと、なぜここで待ちぼうけているのかを教えてくれた。

「あののっぺらぼう、おそらく今日もここへ来る。あれだけ苛立っていたからな、むしゃくしゃした気持ちを発散するためか、愚痴を言うためか……」

「は？ まだ昼間ですよ？」

同じく薄汚れた壁に寄りかかっているというのに、なぜか上品に見える安倍は、俺の問いかけに首を振る。

「僕は一言も、どこの店も閉まっていると言っていない。開いていないところが多いだけで、こんな日も高いうちから営業している店だって、当然ある。人間社会だって、そこら辺は変わらないだろう」

たしかに。

春夏冬は、アルコール類を一切置いていないが、よその店……特に、飯屋なんかではアルコール類も常時注文可能になっている。そういう店が、この階段の下にもあるのだろう。

「そこを待ち伏せて話を聞くのはわかったんですけど、だったらわざわざ怒らせないで、店で聞けばよかったんじゃないんですか？」

「……狐。春夏冬で、僕が言った言葉を覚えているか？」

覚えているかと問われ、俺は首をかしげる。

「なんか、いろいろと言ってた気がしますけど……」

正確に表すと、ずいぶんとひどいことをいろいろと、だ。

だが、安倍はそれがどうしたとばかりに流して、自分の話を続ける。

「仕切り直したあと、僕はあの男にこう言った。『ここからは、真実のみを語れ』と」

ああ、そういえば、そんなことを言っていた。だから、あのお客さんは安倍に謝って神妙な顔で言ったんじゃないか。愛する彼女に、顔を奪われたって。

「ん？　それで、安倍さんが切れたってことは……彼女に奪われたって話は、嘘なんですか？」

「愛してやまない彼女だと、あの男は言った。だが、考えてもみたまえ。付き合っている相手が泥酔《でいすい》状態だったなら、そのまま放置するかね」

「いや、あのお客さんが記憶にないだけで、放置したとは……」

「付き合っているなら、家に連れて帰っても不思議ではない」

そもそもだ、と安倍はもったいをつけるように続けた。

「恋人と食事をしたのなら、『場が盛り上がって二件目に行く』なんて表現はおかしいんだよ。『場が盛り上がる』なんて、あまりにも表現がよそよそしい」

「よ、よくわからないんですが……」

「最も近しい他人の話をしたわりに、奴の言葉はすべてが説明的すぎるんだ。距離感がちぐはぐだ、といえば君の軽量化された頭でも理解できるかね？」

いつもの調子で嫌味を言いだした安倍に、俺は降参と両手を挙げる。

「つまり、あのお客さんは、存在しない恋人の話をでっち上げて、俺たちにエア犯人を捕まえさせようとしたんですか？」

「ふむ。当たらずとも遠からずだ。あの男の、愛しい愛しい彼女とやらは、実在している。ただし、あの男が語るような楽しい関係ではなさそうだがな。……そうだろう、お歯黒べったり」

安倍は、薄汚れた壁から体を離すと、階段の下に声をかけた。

少しの間のあと、かつんかつんと階段をのぼってくる音が聞こえる。

「――その呼ばれかた、嫌いなのよ。知っているでしょう、安倍の坊や」

暗がりから階段をのぼってきたのは、明るい茶色のロングヘアーをゆるく巻いた美人だった。けだるそうに前髪をかき上げたその美女は、面倒そうに安倍を見る。お歯黒というわりには、彼女の歯は白かった。だとすれば、お歯黒べったりなんて呼び名は言いがかりもいいところだろう。彼女が不愉快そうなのも当然だ。

「僕も、その呼びかたは好かないと言ったはずだが？」

対して、坊や呼ばわりされた安倍は淡々とした声で美人に答えた。

彼女は、その反応がおかしかったのか、くすりと笑う。

「坊やがわたしの呼びかたを改めたら、こっちも違う呼びかたを考えてあげるわ。それで？　こんなところでなにをしているのかしら」

「とぼけるな。お前、のっぺらぼうの若い男から、顔を奪っただろう」

「……ああ、そのこと」

美女の手には、いつの間にか缶ビールが握られていた。あるいは、俺が容姿に気を取られている間ずっとその手の中にあったのだろう。

嫌な話を聞いてしまったと言わんばかりに眉をひそめた美女は、手にしていた缶ビールを一気にあおる。

「っぷは～！　こう毎日ジメジメしてると、ビールが染みるわね～……つまみも持ってくればよかったぁ」

いい飲みっぷりだ。あまりにも堂に入っている。

（この人……外見は、けだるい感じの美人さんだけど、なんかすげー親父臭い）

ぎょっとした俺に気づいた美人は、だるそうな雰囲気を一変させ、にこりと笑顔で手を振ってきた。

「ハァイ、こんにちはー。初めて見る顔ね？　安倍の坊やの式かしら？」

白い歯を見せて笑うと、親しみやすさを感じる。後半は、ちょっとよくわからなかったが。

「し、しき……？」

数式……は、今関係あるわけないよな。俺が困惑している中、赤はなぜかきらきらと目を輝かせていた。

「おはぐろべったり……おれ、会うの初めてじゃ」

安倍には「呼ぶな」と言った彼女だが、赤のことは咎めず、ビール缶を後ろ手に隠し、笑顔を見せる。

「そうねぇ。数はずいぶん減っちゃったから……あなたくらい小さいと、会う機会もなかったかもねぇ」

しゃがんで視線を合わせる姿は、優しいお姉さん然としていた。

「お父が言っとった！　おはぐろべったりの、しろむくは、すげーきれいなんじゃと！」

「ほんとう？　ふふ、ありがとうね」

憧れの存在を目の前にしたからだろうか？　赤は興奮気味だった。彼女も赤の褒め言葉を嬉しそうに受け取る。

「嬉しいわ、私たちの白無垢《しろむく》姿を覚えていてくれるかたがいて」

「しろむく……まっ白なきものじゃろう？　きないのか？」

赤の問いかけに、彼女はほんの少し寂しさを滲ませた口調で言った。

「今は、そういう時代じゃなくなってね。でも、坊やがもう少し大きくなったら、見せてあげてもいいわよ」

「ほんとうか？　やった！　そしたら、お父とお母が帰ってきたら、じまんしてやるんじゃ！」

「そこまでだ、お歯黒べったり。いたいけな子鬼を惑わすな。お前は強烈すぎる」

安倍がストップをかけると、美人さんは赤の頭を撫でたあと立ちあがる。

そして、今度は俺に寄りかかってきた。

「惑わすなんて、失礼だわ。在りし日の姿を褒めてくれた、将来有望な妖に感謝の気持ちを伝えていただけなのに。……もう、それならこっちの坊やに慰めてもらおうかしら」

「へっ？　お、俺？　いや、俺は、あの」

「真っ赤になっちゃって、可愛い～。ふたりとも、安倍の坊やの式とは思えないくらい可愛らしいわねぇ」

すぐに離れて、けらけらと笑う。もう、これはあれだ。完全に遊ばれている。

「どちらも式ではないし、彼はこちら側に馴染みが薄いんだ。からかうのはやめろ」

挙動不審になった俺を見かねたのか、安倍が美女を制するように声を上げた。

「あら、そうなの？　じゃあ、どうして安倍の坊やに付き合ってるの？」

「僕たちは、お前と世間話をしに来たわけではない。お前の客である、のっぺらぼうについて聞きたいことがあるだけだ」

「……あんな奴、お客でもなんでもないわ」

途端に、美人の声のトーンが下がった。

「いつもわたしをつけ回して……気味が悪いったら」

「え？」

「電話番号だってメールアドレスだって教えてないのに、連絡が来るようになったし。おはようからおやすみまで、あいつに監視されてるのよ？　いくら、同じつるりん顔系統の妖怪が目障りだからって、こんな陰湿な手段で潰しに来るなんて……！」

――待て。なんだか、話が妙だぞ。

俺は無言で、安倍を見た。さっきの仮説の上を行く展開に動揺したのは俺だけで、奴は冷静に話を続ける。

「のっぺらぼうは、お前を『愛しの彼女』と表現していたが」

「はぁ!?　冗談やめてよ！　そうやって自分はいい人ぶって、割を食った被害者面する気なんだわ！　わざわざ安倍の坊やのところに行ったのだってそうよ！　坊やをたきつけて、自分と方向性がかぶっているわたしを、蹴落としてやろうって算段だったに決まってる！」

「なるほどな。お前とあの男は、方向性が似ている種族故の、ライバルというわけか」

まったく話についていけない俺に気づいた安倍は、呆れたようにため息をつくと、ひょいっと予告なく俺の眼鏡を取り上げた。

「おい……！」

返せと言う前に、奴は美人さんにポンッと眼鏡を放ってしまう。

「ちょっと、なによ？　幼稚な嫌がらせなんて可哀想でしょ？　はい、大丈夫、傷つけてないわよ」

難なく受け止めた彼女は、なんの変哲もない眼鏡に首をかしげつつ、俺に差し出してくれたのだが……。

「あ、どうも……ええっ!?」

「どうしたんじゃ、兄ちゃん？」

思わず大声を上げてしまったために、赤から不思議がられるが、俺にはとても答える余裕がない。

だって、そこにいたのは、色香溢れる美女ではなかったから。

ゆで卵の表面を思わせる、つるんとした凹凸のない滑らかな顔。ぱっくりと開いた口からのぞく歯は、さっき見た白さとは正反対でイカスミ料理でも食べたのかと聞きたいほど見事に真っ黒。

眼鏡をかけていた時に見た顔とは、似ても似つかない別の顔があった。

「やだ、なにー？」

「おおかた、お前の素顔を見て驚いているんだろう」

「ええ？　やだ、もしかして、外歩き用のお面ずれちゃってる？」

「いや。彼が特異体質なんだ」

「そうなの？　ねえねえ、坊やもお歯黒べったりに会うの初めてだったの？　あ、その新鮮な反応からして、お歯黒べったりって存在自体、知らなかったり？　やだぁ、いろいろ教えてあげた〜い」

声は友好的なトーンだが、喜怒哀楽を判別する上で重要な要素である表情が、つるんとしたゆで卵顔からは、ちっともうかがい知れない。

「お、お歯黒は知ってます……」

昔、既婚の女性が歯を黒く塗っていたことは知っている。だが、まさか眼鏡のあるなしで、ここまで変わるとは思っていなかった。

たしかに、これはお歯黒べったりだ。

「じゃあ、やっぱりわたしたち種族を知らないのね！　あ～時代の流れを感じちゃう。遠い昔は、お歯黒塗って白無垢を着て、通りかかる人を脅かしていたんだけど……やっぱり今はそういう時代じゃないわよねぇ。なんか名前も、べったりとか、粘着質な感じがしていまいちだし。だから、安倍の坊やには、わたしのことはクロエって呼んでねってお願いしてるのに、律儀に毎回毎回種族ネームで呼ぶの。ひどくない、この坊や」

「はあ、そうなんですか」

昨今の妖怪事情を切々と語る美人……クロエさん。眼鏡を受け取りながら、俺があいまいな返事をした時だった。

「か、彼女から離れろ……！」

震えて上擦った――なんとも情けない声が、この場に響いた。

「この声……」

「来たか」

「あっ、のっぺら！」

「げっ！」

おそるおそる振り返れば、そこには怒って店を出て行ったお客さんがいた。

「かっ、彼女から離れろ、陰陽師め！　ボ、ボクが相手だ！」

「失敬な。まるで僕たちが狼藉者《ろうぜきもの》のようではないか。お歯黒べったり、君からもなにか言ってやれ」

「嫌よ。そんな奴と、口を利くのもごめんだわ」

　この会話を聞いていたはずなのに、なぜか男の声は喜びに溢れていた。

「大丈夫だよ、クロエさん……！　今、ボクがあなたを助けてあげる！」

　クロエさんから、たった今辛辣《しんらつ》な言葉を受けたばかりだ。けれど、そんな事実はなかったかのように、男は笑っている。

「どうせ最初から、ボクを餌《えさ》にクロエさんを襲うつもりだったんだろう。信じないでよかった、陰陽師なんてやっぱりクソみたいな奴らばっかりだ！」

「ちょっと、なに言ってるの？　この陰陽師は、わたしの知り合いよ。変な言いがかりはやめてちょうだい」

「可哀想に……脅されてるんだね！」

　これは、まずい。話をまるで聞いていない。ひとりの世界が出来上がっている。

　異物の介入を一切許さない、自分ひとりにとって都合のよい世界が。

「安心してくれ！　ボクがあなたを守るから！　あなたのような美しい妖は、こんな質の悪い陰陽師すら惹きつけてしまうんだ！　人間たちだってそうだ！　あなたが人を脅かすという日は、心配で心配で夜明けまで後ろから見守っていた！　昨今の人間は、ボクたち妖に驚くどころか、逆に追いかけ回してスマホで撮影し、ＳＮＳにアップしては、いいねの数を競うような、凶悪種ばかりだからね！」

その中でも陰陽師は最低最悪だ、と吐き捨てる男。

けれど、そんな風に安倍をこきおろしている自分が、ストーカーという犯罪行為を働いている自覚は皆無なようだ。俺たちが、ドン引きしていることにすら気づいていない。

「だからさ！　そんな人間たちなんて──消えてしまってもいいと思わないかい⁉」

──なにを言っているのだ。

たぶん、この場の全員が同じことを思ったはずだ。でも、誰も声に出さなかったのは、相手の様子がおかしかったから。他の奴らの目に、どう見えたかはわからない。けれど、俺が肉眼で見た男は、足元から首元までを黒いもやで縛られていた。

それは、まるでとぐろを巻く蛇のように、ぐるぐると男の体に巻きつき──鎌首《かまくび》をもたげて喉元に噛みつこうとしている。

「……貴様、それは人妖《じんよう》条例に反する行為だぞ」

安倍の声が険しさを帯びたが、男はかまうものかと首を横に振った。

自分こそが正しいのだと叫ぶ姿は、発熱して興奮状態の病人、あるいは酒癖の悪い酔っ払いだ。他人がなにを言っても、耳を貸さない。

「かまうものか、かまうものか、かまうものか！　先にボクたち妖を亡き者にしようとしたのは、お前たちだ！　神隠しだなんて、そんなバカな話、誰が信じる！　お前たちが、ボクたちを消そうとしている、そうなんだろう！　だったら、先にボクが消してやる！」

気弱さも挙動不審さも投げ捨てた男は、悲鳴のような声で叫んだ。それを聞いたクロエさんは、口元を両手で押さえ震えている。

「なんで？　こんなはずじゃ……ちょっと困らせるだけだったのに、どうして――？」

男を凝視したまま、動けない。そんな彼女の前に飛び出した赤が、男に訴える。

「そんなことしたら、いかん！　せっかく、みんな仲よう暮らしとるのに、だめになっちまう！」

赤の表情も、強張っている。

「黙れ！　人間なんかにおもねって、妖の誇りもなくした子鬼め！」

「仲よくするのは、いいことじゃ！　けんかして、嫌いあってるより、ずっとずっといいことじゃ！　なんでわからん！」

「子鬼、お歯黒べったりと階下へ行っていろ。これ以上はお前が見るようなものではない」

「嫌じゃ！　おれは、にげん！」

安倍が淡々と促す。

けれど、赤は拒否し、クロエさんは動かない。動けないのかもしれない。

「チッ。狐、ふたりを階下へ連れて行け！」

「…………」

当然、お鉢が回ってきたが、俺だって今はそう簡単に動けない。

――今の俺は、普通じゃない。

今まで見ないようにしてきた、ありえないもの。それを、しっかりとこの肉眼で見てしまったから。一度認識してしまうと、視線を動かせなくなってしまう。

なんで安倍たちは、この人と普通に話せるんだ？

あんなに気持ち悪いものが、体に巻きついて、今まさに、噛みつこうとしているのに。

「……悪い、俺も、無理……」

「なに……!?」

「ちょっと、これ……吐きそう……」

「狐？」

不可解そうな安倍に対して、俺は言うべきかどうか、迷った。

──そうか、安倍には見えていないのか。

こんなにはっきりと見える黒い蛇なのに、見えないのか。

(昔と同じだ)

そういうものを見た時、俺はいつだって人に伝えようとした。目が離せないそれが、どれほど恐ろしいか、精一杯言葉を尽くした。けれど、誰もが口をそろえてこう言った。『そんなものは、存在しない』って。

傍から見れば、俺は『見えないものを見えている』と言い張る、気味の悪い子どもだったのだ。

(今だって、そうだ)

安倍の怪訝そうな顔。コイツには、見えていない。赤にだって……誰にも、見えていないんだ。

だったら、なにを言ったって、ただの頭がおかしい奴扱いされるだけだ。気味の悪い、嘘つき野郎だと。

それなら、黙っていた方がマシじゃないか。

「狐、なにを視た？　開いた目で、なにを視たんだ」

「……え」

どうせ伝わらないと口をつぐみかけた俺に、安倍が詰め寄ってきた。その目はいつになく真剣だ。俺をバカにしてやろうとか、そういう意図も見当たらない。

「狐、君は今、なにを視たんだ！」

「っ……蛇《へび》」

俺がぽつりと呟くと、安倍はわずかに目を見開いて、ゆっくりと男の方を向いた。

「黒い蛇に、巻かれてる」

「なるほど。狐、もうひとつ教えてくれ。奴の顔だ。君の目に、奴の顔は見えているか？」

――顔？

そう言われて、気づく。

安倍に眼鏡を取られた時、俺はクロエさんの顔が見えなくなった。美人が急にゆで卵になって驚いたんだ。そのまま眼鏡をかけるタイミングを逃し、この男が現れた。

でも、安倍がのっぺらぼうと呼んでいた男の顔は……。

「今も……はっきり見えてる」

「よくわかった」

俺が答えると、安倍は不敵に笑った。その手には、札《ふだ》が握られている。

「お客人、望みどおり貴様の顔を取り戻してやろう。その、化けの皮を剥がしてな！」

不敵な笑みのまま、安倍は男に札を投げつける。

普通なら、紙なんて投げたってたいして飛ばず、へにゃへにゃとすぐに落ちてしまうはずなのに、それは一直線に飛んでいった。

が、男の手は難なく札を捕らえ、ぐしゃりと握りつぶしてしまう。

「ふん。こんな子どもだましで――」

しかし、勝ち誇ったセリフは、最後まで続かない。

安倍は、男と距離を詰め――今度はぺたりと直接顔に札を貼りつけた。

そして、片手の指で不思議な形を作り、小さく口を動かした。なにか言っているようだったが、俺には聞き取れない。

そのまま、一度貼りつけた札を、引き剥がす。

ただ、とんと相手の額に押しつけていたはずのものなのに、札を剥がす時にはベリベリと粘着テープを剥がすような音が鳴り響く。

「いっ……いっだああああああっ⁉」

同時に、男の口から悲鳴が上がった。

そのまま腰を抜かしたように崩れ落ちた男を一瞥《いちべつ》した安倍は、剥がしたばかりの札を確認する。

俺も奴の手元に注目したが、その札はじゅわじゅわと湯気を立ち上らせ――真っ黒くなっていた。

（どういうことだ？）

さっきまで、普通の白い紙だったはずなのに。

「狐、顔を確認してくれ」

「え……？」

驚いている俺は、言われて尻餅をついている男の方を見た。

そして、悲鳴を上げる。

「うわあっ！　のっぺらぼう！」

「え？」

俺の悲鳴を聞いた男が、我に返ったように慌て、ぺたぺたと自分の顔を触った。

「ボクの顔が……あるっ！」

喜びに満ちた声。

けれど、さっきと決定的に違うのは、淀んだ感じがまったくしないことだ。

それこそ、憑きものが落ちたような清々しささえ感じさせる姿を目にすると、安倍が貼り付いた札が、男の中にあった悪いものを全部吸い取ってくれたように思えた。

「のっぺらぼう。貴様には聞きたいことがある。陰陽寮《おんみようりよう》まで、同行願おうか」

「……はい」

「無論、お歯黒べったりもだ」

安倍は、鋭い視線をクロエさんにも向けた。少し前の気安い会話が嘘のように、彼女は安倍に怯えていた。

「ま、待ってください、彼女はなんの関係も……」

「庇い立ては無用だ。貴様の顔を奪ったのは、この女。それは、貴様自身もわかっていたことだろう」

「……うっ」

「お歯黒べったり。ライバルを潰すつもりだったんだろうが、悪手《あくしゅ》だったな。誰にそそのかされたのかは知らないが、のっぺらぼうの顔を奪うということは、存在意義を揺るがす——存在そのものを、危うくする行為だ。話を聞かせてもらうぞ」

こくりと、クロエさんは無言で頷いた。

なんだかものすごく、消沈《しょうちん》しているように見える。

「子鬼」

「おう」

「お前には、目撃者として陰陽寮に同行を頼みたい。いいか？」

「もちろんじゃ。おれ、ちゃんと話す！　じゃから、ふたりにひどいことはしないでくれ。おれたちは、にんげんがおらんと存在できん。いなくなれなんて、ほんとに思ったりはしとらん」

赤の庇うような発言に、のっぺらぼうさんは申し訳ないと頭を下げた。

「ボクも、わかっているんです。人妖条例が、とても大切なものだと。わかっていたはずなのに、なんてことを……」

クロエさんも、同じように頭を下げた。

「ごめんなさい。こんな大事になるなんて、思わなくて。……仕返しのつもりだったの、小さな嫌がらせのつもりだったのに」

「言い訳はあとで聞く。だが、子鬼に免じて、手荒なまねはしないと約束しよう」

パッと赤の顔が嬉しそうにほころぶ。

よかったのう、なんてふたりの肩を叩いている。

「……狐」

様子を眺めていた俺だったが、不意に呼ばれて視線を動かした。安倍が、珍しく言いよどんでいる。

「あっ、用事あるんなら、そっち優先してください。俺は、このまま帰るんで」

「……そう、か」

さらにわかりやすいことに、安倍は俺が帰ると言うとホッとした表情を浮かべた。

これから行く場所には、俺をあまり連れて行きたくないらしい。

のけ者にされたとは思わない。この男がこれだけわかりやすい反応をしたのだ、なにかしら理由があるのだろう。今、ここでは説明できない、理由が。

「お疲れさまです。詳しい話は、また店で」

俺が最後に付け加えると、安倍はぱちぱちと瞬きを数回繰り返したあと、小さな笑みを浮かべて頷いた。

「ああ、また——春夏冬で。油揚げでも奢って、ゆっくり聞かせてやる」

「兄ちゃん、またな！」

俺は、四人を見送り路地裏を出た。

一歩出れば、駅の雑踏。行き交う人や車のざわめきが、急に耳に飛び込んできた。

そして、気づく。

あれだけ騒いでいたのに、野次馬ひとり見に来なかったことや、駅前の賑わいが、あの路地裏にはまったく入ってこなかったことに。

その不可思議な現象に、ぞくりと背筋が寒くなる。一瞬、後ろを振り返ろうかと思ったが、すんでのところで理性が働き、やめた。

手にしたままだった眼鏡をかける。

あそこは、普通ではない場所だ。

眼鏡をかけた俺には、縁遠い場所に違いない。

そのまま一度も振り返らず、俺は人々が行き交う雑踏の中へと戻っていった。

◆◆◆

茶房、春夏冬。

今日もアルバイト中の俺は、食器を洗いつつ、とある席を一瞥した。

カウンターの一番端。そこは、傍若無人な常連客様の指定席だ。だが、どうしたことか。いつもは頼んでもいないのに朝から入り浸る常連客は、ここ一週間ほど顔を見ていない。

迷惑だと思っていたが、いなければいないで張り合いがない。

（またって言ったくせに、どうしたんだよ……）

さっき、一時間半ほどおしゃべりに興《きょう》じていたおばちゃんたちが帰ってしまった店内では、俺のため息はやけに大きく響いた。

「兄ちゃん、だいじょーぶか？」

カウンターから身を乗り出し、俺の顔をのぞき込んできたのは赤だ。

安倍と一緒に行ったこの子は、こうして連日店に顔を出す。だが、話は安倍から聞くべきだと思っているのか、なにも言ってこないし、俺もあえて聞かないでいた。

「大丈夫だ。それより、危ないからイスにちゃんと座ってろ」

ゆらゆらしたバランスが、実に危うい。

思わず皿洗いの手を止めて、赤を押しとどめた。

「んー……」

笑顔を見せれば、赤は子ども用のイスへと着席する。

「おまたせしました、クリームあんみつの豆抜きです」

「うわ〜！」

すかさず店長が、注文の品を出した。

歓声を上げた赤。心は、完全に目の前のあんみつに向かったようだ。うきうきと木のスプーンで、黒蜜がかかった寒天をすくい上げ、ぱくりと口の中へ。

途端、顔が幸せそうにほころぶ。

「うまい！」

「それはよかった、ありがとうございます。……ところで、お疲れですか稲成くん？」

店長は、赤の一言に嬉しそうに笑ったあと、俺の方を見た。

「い、いいえ！　すみません、本当に大丈夫です」

いくら客が赤しかいないとはいえ、バイト中に周囲に聞こえるようなため息なんてマズかった。温厚な店長でも、嫌味のひとつくらいは言いたくなるかも……と慌てた俺だったが、店長はやっぱり優しげな笑みを浮かべたままだ。

「そう緊張しないでください。咎めているわけではありませんから」

「え……？」

「稲成くんには、保明さんのことを任せてしまいましたから……いろいろと、様子がおかしかったでしょう？　だから、君も気を遣って疲れているのではないかなと」

「そうだ！　兄ちゃんも、甘いものを食べたらええんじゃ！　甘いものは、ひろうかいふく……だったかの？　そーゆーのに、ええんじゃって、青も言っとった！」

心配をしてくれるふたりに、俺は笑う。

「本当に、大丈夫です。ただ、安倍さん、ここ一週間顔を出さないから、ちょっと気になってしまって。赤も、ありがとうな？」

毎日顔を出していた常連が一週間顔を見せないと、さすがに心配になるだろう。

「ああ、そうだったんですか。心配してくれていたんですね、ありがとうございます」

俺の言葉を聞いた店長は、まるで自分のことのように嬉しそうな顔をした。

「じいちゃん、うれしそうじゃな」

「そうですか？」

「おう。おれが、このあんみつ食べた時みたいに、うれしそうじゃ。なあ兄ちゃん？」

じっと大きな目で店長を見ていた赤が、俺に話を振る。

「いや、食べてる時の顔と比較していいのか、これは」

「ん？」

スプーンをくわえた赤は、不思議そうだ。

苦笑しつつ、俺は洗い物を再開する。皿を洗いながら、今まで疑問に思っていたことを聞いてみた。

「あの、店長……もしかして、安倍さんとは長い付き合いなんですか？」

「おや？　どうして、そう思うんです？」

「なんか……安倍さんの話をするときの店長って、身内の話をしてるみたいな、気安さがあったので」

実際には孫が可愛いお爺ちゃんみたいな雰囲気だが、そのままズバッと言えるはずがない。

無神経にそんなことが言えるのは、今話題に出た男……件《くだん》の常連客である、安倍保明くらいだ。

「稲成くんは、よく人を見ていますね」

「そう、ですか？」

「はい。店ではけじめとして、雇われ店長の分をわきまえていたつもりでしたが……いやはや」

「あの……？」

「そのとおりです。保明さんとは、古い付き合いなんです。彼が子どもの頃から知っています」

店長のしわの刻まれた顔に、常よりももっと優しい笑みが広がる。

「当時から彼の周りには、私を含めて大人ばかりでしたから……今でも少し、言動が変わっているでしょう？」

「あー……はい、まあ……そうですね」

「おっかねぇ兄ちゃんは、おっかねぇぞ」

「こら、赤！」

少しどころではない気がするが、俺は言葉を濁して頷いておく。だが、赤は率直だった。慌ててたしなめるが、時すでに遅し。

「いい奴なのはわかるけど、おっかねぇのも、本当だぞ！」

「赤！　頼むから、黙ってあんみつ食っててくれ！　ええと、安倍さんは、少しばかり子どもに避けられますが、頼りになる時はなるというか、言動がキツイというか、でも、おいなりはくれるし、えっと……」

フォローしようとすればするほど、支離滅裂で墓穴を掘ってしまう。

すると、わかっているというように店長も苦笑した。

「許してくださいね。本人は、あれでも君と仲よくなりたいと、必死なんですから」

「は？」

「そうでなければ、自分の仕事にあなたを伴ったりなどしません。誘ったりもしません。……保明さんは、徹底的に他者を遠ざける人ですから」

「俺、あれで気に入られてたんですか？」

「はい。わかりにくいでしょうが、ずいぶんと君を気に入っているんですよ。稲成くんを雇うと決めたのも、保明さんですから」

さらりと言われて、俺はまた洗い物の手を止めてしまった。

「安倍さんが、俺を雇うって決めたって……え？　待ってください、俺を採用してくれたのは、オーナーだって、前に店長言ってませんでしたか？」

「はい。ですから、保明さんが決めたんです」

「……オーナー？」

「はい、安倍保明オーナーです」

企《たくら》みが成功したことを喜ぶように、店長が笑う。

「おーなーって、なんじゃ？　えらいんか？」

無邪気な赤の問いかけに、俺はただひたすら首を縦に振ることしかできない。

「このお店の、持ち主ということですよ」

「そうなんかぁ～！」

代わって説明してくれた店長は、コホンとひとつ咳払いをして、俺に向き直った。

「稲成くん。そうでなければ、営業前の店に入ってくるなんて、非常識なことはしませんよ。君は人をよく見ているのに、簡単なことを見落とすんですね」

「いや、だって！　俺は、てっきりそういう非常識な輩《やから》なのかと……！」

「おや。さすがに私も、そこまで保明さんを甘やかしたりはしませんよ」

とうとう店長は声を上げて笑いだし、店の奥を振り返った。

「どうします、オーナー。あなたがあんまり気ままに振る舞うから、すっかり誤解されていますよ」

そこには、壁によりかかって腕を組む、絵画から抜け出たような美形がひとり。

「心外だ。心外だぞ、狐に子鬼」

仏頂面《ぶっちょうづら》で、こっちを見ていた。

「うげっ、安倍……！」

「ふぎゃっ！」

俺と赤、ふたり分の悲鳴が上がると、安倍は眉を寄せる。

「なんだ、そのほおずきの実を踏み潰したような、汚い悲鳴は」

「たとえがわかりにくい！　だいたい、なんで今日に限って、裏口から入ってくるんですか……！」

「どこから入ろうとかまわないだろう。僕が、オーナーだからな」

俺の問いに、至極当然とばかりに胸を張り、安倍が答えた。

「はいはい、保明さん。従業員いびりはそこまでにして、いつもの席にどうぞ」

「いびってなどいない」

店長に促された安倍は、長い足ですたすたといつもの席……カウンターの一番端に向かうと、腰かけた。

その間に、店長は安倍がいつも飲んでいる紅茶を準備する。

「さて、待たせたな。話を聞け」

「なんですか」

「な、なんじゃ？」

俺たちの顔を見た安倍は、頬杖をついて言った。

「すべて片付いたぞ」

顔を探してくれ。そう言って、店に来た男。

あのあと彼は……そしてクロエさんは、どうなったのだろう。

「狐、君に感謝していた。よろしく頼むと言伝《ことづて》を預かっている」

「俺に？　……なにもしてないのに」

依頼人が興奮状態だった時、必死に訴えたのは赤だ。

そして実際に助けたのは、安倍。

話を聞いて、裏事情を察して、解決のために動いたのは、全部安倍と赤。

（俺は、ただ突っ立っていただけだからな）

そんな思いは、全部顔に出ていたらしい、安倍は「本当に、わかりやすい狐だ」と呟くと、薄くだが笑った。

「君は最後に、奴の顔を見つけた。存在理由が失われかけていた、のっぺらぼうの顔を見つけ出し、取り戻したんだ」

赤は、そのとおりだと頷いているが、俺にはよくわからない。

ただ、あの蛇のような黒いもやを見て、動けなくなっていただけなのだから。

けれど、安倍はそれでも俺のおかげだという。

「お歯黒べったりは、流れの露天商から呪具《じゅぐ》を買ったらしい。あの階段の奥には、そういう露店もたくさん出ているからな。無論、眉唾《まゆつば》ものが多いが……連日のストーキングに困って藁《わら》にも縋《すが》る思いだったそうだ。ちょっと追い払えればいいとな。まさか、のっぺらぼうを変質させるような危険な代物だとは思わなかったと、後悔していた」

説明を聞いて、赤が顔色を変える。

「なんじゃ、それ！　なんで、そんなあぶないもんが……！」

「そんなに、危険なものだったんですか？」

ふたりは、神妙な顔で頷いた。

「たとえば、狐がたまたま立ち寄った店で模造品のナイフを売っていたとする」

「刺した真似をすると、刃が引っ込むアレですか」

「そうだ。だが、中に本物が混ざっていた。気づかないで君は買ってしまう。そして、ちょっと驚かせようなんて理由で、子鬼に突きつけたら――わかるな？」

俺と赤は思わず顔を見合わせてしまった。

「兄ちゃんは、そんなことしたりせん」

「物のたとえだ、子鬼。実際、お歯黒べったりだって、のっぺらぼうが暴走するとは思わなかったと言っていたんだぞ。知らずに購入し、使い、大事を招いた」

下手をすれば、人と妖の関係に亀裂が入るところだったと安倍は渋い顔で言う。

「おはぐろは、だまされたんじゃ。のっぺらじゃって、本当はにんげんとケンカなんてしとうないって言っとった」

かまうものかと叫んでいたあの時とは、真逆の言葉だ。けれど、当初の腰の低さを考えれば、彼は争い事を好むタイプには見えない。

順々に考えていくと、本人の性格を百八十度変えたその呪具とやらの危険性が、ようやく理解できた。

「あののっぺらぼうは、本来は好戦的な性格ではない。だが、アイデンティティーの消失に直面した。妖にとっては、一大事だ。自分が消えるということだからな。すると、消えないために妖は本能的に新しい化生《けしょう》となる。呪具は、そこに作用して妖を狂暴化させるものだった」

危ないクスリみたいだな、と呟くと、安倍は笑わずに頷いた。

「君にしては、いい答えにたどり着いたな」

「どうなるんですか、あのふたり。警察とか……？」

「妖は、人の法では裁けない。だが安心したまえ、君の嫌いなオカルトだが……陰陽寮が、責任を持って預かる」

「陰陽寮？」

「人と妖の間に立つ、仲立ち役にして、この世の調停を預かる組織だ。オカルト分野の法組織とでも思っておけばいい」

ちょうどいいタイミングで、店長が安倍の前に紅茶を置いた。

「じゃあ、じんようじょうれい……とかいうのは？」

一口飲むと、安倍はおそらく間抜け面になっているだろう俺に、教えてくれた。

のっぺらぼうや、お歯黒べったり——昔話なんかでよく語られる存在、妖。

かつては夜の支配者だった妖と、それを恐れた人間という関係が成り立っていた。

けれど現代になると、人間は妖の時間であった夜すら支配してしまった。

するとく、どうなるか？

当然、揉《も》める。そこで、古くから人と妖の均衡を保っていた人たちが、ある条例を制定した。それが、人妖条例というもので——。

「子鬼、この石頭狐にわかりやすく教えてやれ」

「おれ!? え、えっとな、……ええと、あれじゃ——おれたち、みんな、ずっとずっと、仲よくしてようなってことじゃ!」

「……は?」

なんだその、ずっ友宣言。

得意満面の赤から安倍に視線を移すが、奴は特になにも補足せず頷いている。

つまり、ものすごくわかりやすく噛み砕いて言うと、双方仲よくしましょうねって決まりらしい。

「つーか、妖とか陰陽寮とか……いよいよ末期か……」

のっぺらぼう乱心事件から一週間、ようやく顔を出した安倍から、こうして改めて説明を受けたものの、俺はげんなりとした気持ちで呟いた。

「あれだけ、君の求める普通とはかけ離れた行動をとっておいて、いまだにそんなことを言うとは、往生際《おうじょうぎわ》が悪いな」

「あーあー、聞こえません……!」

「面白いくらい、矛盾した男だ」

安倍は、いつものカウンター席で足を組むと、笑った。

「知っているか、狐。陰陽寮は、歴史上は、もう存在しない」

「え？」

「普通ではないからさ。そして、普通ではないものをうまく隠すには、真実と嘘を織り交ぜることだ」

真実と嘘。

陰陽寮が存在したことは認めるが、なにをしていたかはあえて朧気《おぼろげ》にし、妖という存在は各地に散らばる伝承になぞらえる。

そうすれば、人は想像をかき立てられ、在りし日の姿を思い描く——そうして生まれた幻想は、真実を隠すために都合のいい嘘になるというのが、安倍の弁だ。

「今の君がしていること、そのままだと思わないか？」

「……っ……」

「境目をあやふやにして、矛盾に目をつむる。その先で、君はなにを視るのだろうな」

試すような言葉に、ちりっと頭の奥がうずいた。

「なにを視たら、こうなるんだろうな？」

なにを？

俺は……夕焼けに染まる、顔の見えない……。

『おまじないだよ』

なつかしい声が響いて、消えた。

——ちりんと、店の鈴が音を立てる。

ハッと戸口に視線を向けたが、そこには誰もいなかった。風の悪戯だろうか。

けれど安倍だけは、なぜか目をこらすようにじっと戸口を見つめていた。

「安倍さん？」

「……狐」

「だから、その呼びかたは……」

「いや、君じゃない。……狐がいた気がしたのだが……いや、なんでもない」

言葉を濁した安倍は、くるりと正面を向いた。

「……君は、なにを望んでここに来た？」

「はあ？」

「いいや、なんでもない。狐につままれたような気分で、おかしなことを言ってしまっただけだ、気にするな。——今はな」

含みのある言葉だったが、安倍は俺に問い詰める暇を与えなかった。

「店主。この狐に、油揚げを頼む」

「え？　なんで油揚げ？」

「ええと……保明さん、おいなりではダメなのですか？」

俺と店長の困惑した声が重なる中、安倍は自信満々で頷いた。

「油揚げを奢ると約束しただろう？　僕は、約束を守る男なのだ」

「よかったのう、兄ちゃん！」

「……わーい……」

律儀と言ってしまっていいのだろうか？

どちらかというと、どや顔具合といい、コイツ実はバカなんじゃないかって気すらしてきたのだが……。

（むしろ、赤と精神年齢が一緒とか……）

俺のうろんな視線を敏感に察した安倍は、ぐっと眉間にしわを寄せた。

「なんだね、その目は」

「安倍さんって、実はかなり残念なタイプですか？」

「は？　心外だぞ」

カウンターの向こう側で、店長がうんうんと首を縦に振っているのだが……。

「せっかく人が礼をしようと思っていたのに、君という奴は……！　油揚げはいらないのか！」

「いや、欲しいです」

「……即答か。君の方こそ、だいぶ残念な奴だと思うがね」

嫌味っぽく鼻を鳴らされたものの、腹は立たなかった。

「まぁ、多少の残念さは流してやろう。君ほど、根性があるのか、図太いのか、ただ単に無神経なだけなのかわからない奴は、いないからな」

「ひどい言われようですね」

「――だが、君のことは気に入っている。油揚げなら、いつでも奢ってやるから……その……よろしく頼むよ」

油揚げから離れてほしいとは思ったものの――安倍が握手を求めるように右手を差し出してきたから、その手を握った。

「……安倍さんが素直とか……明日は大雨ですかね」

安倍の片眉が、器用に跳ねる。

「あいにくだが、明日は晴れだ。……そもそもが愚問だぞ、狐」

安倍保明という、ちっとも普通じゃない男は、いつもどおり自信に満ちた笑みを浮かべ、こう言った。

「これから一緒にやっていく相手に、僕なりに敬意を表しただけだ。だからこそ君も、僕の話を否定せずに聞いていたのだろう」

お見通しだ、とうそぶく男に、俺も笑った。

「それじゃあ、改めて……これからもよろしくお願いします、オーナー」

「こき使ってやる、物好き狐」

「あ、おれも！」

そこへ、ぴょんとイスの上で挙手した赤の声が響く。

「おれも、やる！」

「……お前が？」

「だ、だめなんか？」

ちょっと怯えつつ、でも残念そうに、赤が安倍をうかがい見る。

「ふむ。依頼人を連れてくる勤勉さ、そして用が済んだのに、こうして茶房に顔を出す豪胆《ごうたん》さ……なかなかに使えるかもしれないな。よし子鬼、お前も今日から仲間に入れてやろう」

「本当か!?」

顔を輝かせた赤に、負けず劣らず笑顔で安倍が頷いた。

「ああ。そこらへんの妖を、ここへ引っ張り込んでくるといい」

「ちょっと待った！　なんだ、そのアコギな商売みたいな言いかた！　つーか、いくらなんでも子どもを……！」

「狐、だったら君は断れるのかね」

「え？」

言われて赤を見れば、泣きそうな目で俺の方を見ていた。

「に、兄ちゃんは……おれのこと、じゃまなんか？」

「う、うぅ……」

「うんとがんばるから、おれ、おれ、おれ……」

とうとう、くりんとした大きな目から涙がこぼれて、赤はしゃくりあげてしまう。

「あーあ、狐が泣かせた」

「稲成くん……お客様を泣かせるのは、いかがなものかと」

安倍だけではなく、店長からも責められた俺は、降参を示すように両手を挙げた。

「悪かった！　邪魔なんかじゃないから、もう泣くな！」

「じゃあ、仲間にいれてくれるんか！」

「嘘泣きかよ⁉」

途端に、赤は涙を止めて笑う。

「うそじゃねーもん！　兄ちゃんが、じゃまっていったら、おれはやっぱり悲しかったぞ！　でも、いいよって言ってくれたから、うれしくなっただけじゃ！　……へへへ、これから、よろしゅうな、兄ちゃんたち！」

「うむ。そこでうだうだ言っているダメ狐よりも、よほどしっかりしているな。見習いたまえ、狐」

「ぐっ……くそっ、言い返せない……！」

高笑いする安倍。俺の肩を、慰めるように叩く赤。そんな光景を、やっぱり孫に目がないお爺ちゃんのような笑顔で見守っていた店長が、一言。

「みなさん、楽しそうでなにより。……ひとまず、一件落着ですね」

「いやいや、どこがですか！」

「はっはっはっ、いや～平和ですね～」

「店長～！」

これが、俺が本格的に安倍の仕事を手伝うきっかけとなった依頼の結末だ。俺の情けない叫び声が響く店内で、赤や安倍が愉快そうに笑っていた。

――探し屋なんていう、胡散臭い仕事を介して触れたのは、普通ではありえない世界。

鬼に、のっぺらぼうなんて、昔話で語られるだけのフィクションに過ぎず、常識では存在しえないものだった。

それなのに、依頼にやってくるのは、そんな不可思議な存在ばかり。

子鬼にいたっては、こんな胡散臭い仕事の手伝いまでしようとする。

ありえない。そう言って目を背けることが、実は一番簡単なことだった。

だって俺は、自分が見ているものは、見てはいけないものだと知って以降、普通に生きてきたのだから。

他のなによりも誰よりも、自分が見るものを一切信じないようにしてきた。

けれど、安倍保明という普通とはかけ離れた存在と出会ったことで、俺の普通は狂いを見せた。

皮肉なことだが、普通じゃない男のおかしな仕事に付き合わされ、不思議な存在たちと交流したせいで、自分が肉眼で見たものを……俺自身が最も信じていなかったことを、「真実だ」と受け止めてくれる相手を知ってしまったわけだ。

安倍保明は、誰にも信じてもらえなかった俺を、信じてくれる人間だった。

ただそれだけで、俺はあっさり気持ちを変えて、普通ではない仕事を手伝おうなんて酔狂《すいきょう》を起こしたのだから、人生どう転ぶかわからない。

きっかけというのは、いつだって些細で、単純で……わずかな確率で起こる、奇跡みたいなものに違いない。

今回のような件でも、なにか役に立てるなら悪くない——三人に増えた探し屋で、俺は初めて前向きなことを考えていた。

三　自分をなくした少女

先生、好きなの。
先生、好きだったの。
それなのに、どうして私じゃないの？
好きだって言ってくれたのに、卒業したら結婚しようって言ってたじゃない。
全部、嘘だったの？
どうして答えてくれないの、先生？
——かつん、かつん、かつん。
ねえ……？　やめて、先生……！　私、先生の——。
——どんっ。

◆◆◆

講義が終わると、教壇の上に講義に出席したことを示す学籍番号と名前を書いた出席カードを提出し、教室から学生が出て行く。夏休みを前にして試験があるからか、今日はいつもより出席者が多かった。教壇周辺は混雑していたが、俺もなんとかカードの提出を終える。

（これでよし。ふー……バイトに行くか）

一息ついて教壇を離れると、見計らったように声をかけられた。

「稲成くん、今日もバイト？」

振り返ると、長袖のカーディガンを着た女子が笑顔を浮かべ立っている。

七月が始まり、あれよあれよという間に梅雨が明けた。今年は例年より梅雨明けが早かったらしく、暑さがいよいよ本格化するだろう時期に長袖とは暑くないのかと思うが、彼女はいつだって平然としている。

「冬野《ふゆの》さん」

日本人形みたいに真っ直ぐで、つやつやの黒髪ロング。清楚《せいそ》なお嬢様といった佇まいの彼女の名前は、冬野みゆきさんという。

ある講義で同じグループになってから、会えばなにかと声をかけてくれるようになった彼女は、極度の寒がり……というのは、いつも長袖だから俺が勝手に推測した情報だ。

冷房対策用とは違う。冬野さんは、初対面だった四月から今日まで、欠かさず長袖のなにかしらを羽織っていたからだ。

今日の冬野さんも、暑がる素振りすら見せないで、涼しい顔で微笑んでいる。

「たしか、喫茶店でバイトしてるんだよね？」

「そう……あれ？　俺、冬野さんにバイト先のこと話したっけ？」

「ううん。この間、斑目《まだらめ》くんが言ってたの。稲成くんが、近頃バイトばっかりで冷たい〜って」

斑目というのは、俺の友人だ。人の顔を、昔話に出てきそうな悪い狐みたいだと表現したのもコイツで、そういう自分はどっかの島で神のように崇《あが》められているゴリラ系の顔立ちだとか言っていたから、かなり独特な感性の持ち主なのだろう。

これだけなら、ちょっと変わった奴で終わるのだが、この斑目という男、とにかく惚れっぽいのだ。その上、振られるのもとにかく早い。

そうすると、だいたい『傷心だから、なぐさめろ』と電話がかかってきて、延々愚痴られる。

この間、あまりに頻繁でしつこい愚痴だったから、バイトが忙しいと言って電話を切ったのだが……。

「もしかして、冬野さんに電話いった？」

「メッセージが届いたの。ほら、グループ発表の時、連絡先知ってたほうがいいからって交換したじゃない？　話聞いてたら元気になったみたいでね、そのあともよく連絡くるようになったの。稲成くんのバイトの話は、その時に聞いたんだ」

ふふ、とはにかむように笑っている冬野さん。

（この流れ、まさか……）

清楚系美人である彼女の笑顔を見た俺は、惚れっぽい友人が最近バカみたいに浮かれている理由を察してしまった。

（班目、今度は冬野さんに惚れたな）

友人が、いったい何度目になるかはわからない失恋から立ち直れたのなら、いい。

そして、冬野さんが斑目を迷惑がっていないのならば、なおのことだ。

（ストーカーとか、正直笑えないからな……）

俺の頭の片隅に、クロエさんとのっぺらぼうさんの一件がよぎる。

一方は純愛で、もう一方は嫌悪。あのふたりは、双方が抱いた感情が違いすぎた。

もしも、のっぺらぼうさんの方がストーカー行為なんてせず、真正面から思いを伝えていれば、なにか違ったのか……。

「稲成くん？　どうしたの、難しい顔をして」

「……え？　あ、ごめん。なんでもない」

「ほんとうに？」

冬野さんが、黒目がちな目で、じっと俺を見上げてくる。

彼女に深い意味はないとしても、こんな美人に見つめられると俺もどぎまぎしてしまうのだが。

「……お店の人に、いじめられてたりしない？」

いつも控えめに笑っている冬野さんの声が、信じられないくらい冷たく聞こえた気がした。

「え？」

「あのさ、冬野さん、今なんて……」

思わず聞き返すと、彼女は俺の目を見てニコリと笑って見せる。ただ、答えてはくれない。やっぱり、気のせいだったのかと自分を疑ってしまうほどに、彼女は落ち着いている。

（空耳だったのか？　いや、でも……）

釈然としないでいると、賑やかな声が近づいてきた。

「あっ、いたいた、みゆきちゃん！」

途端、後ろからものすごい勢いでなにかが突っ込んできて、強引に押しのけられる。

のけぞった俺の前に、にょきっと立ちふさがったのは、明るい茶髪を短く刈り上げた、がっしりとした体格の男。

たった今、話題に出たばかりの奴だ。

「……斑目ぇ……」

「あ？　おお稲成、いたのか！　どうした、怖い顔して」

悪意なくカラッと笑う男を見て、俺は眉をつり上げ、冬野さんは困ったように眉を下げておろおろとした。

「俺の足を踏んでんだよ、お前！」

「あいたっ！　脛《すね》を蹴るなよ稲成ぃ、ここはなぁ、鍛えられないんだぞ！」

「知るか」

「なんで怒ってるんだ？　……ハッ！」

斑目は、突然でかい体を丸めて、俺にひそひそと話しかけてきた。

「お、お前、みゆきちゃんと話しているのを邪魔したから、怒ってるのか？」

「おい、今さら声のボリュームを落としたって遅いんだよ」

本人、目の前にいるだろう。しかも、ものすごい困り顔で。

「いいから答えろ！　どうなんだ……！　みゆきちゃん狙いなのか……!?」

「冬野さんがものすごく居心地悪そうだろう。察しろよ、アホ斑目」

完全に聞こえているだろ、これ。つーか、斑目の地声が大きいから、ひそひそ話す意味がない。

「ごめんな、冬野さん。変な話聞かせて」

「あ、ううん、そんなこと」

「じゃあ、俺はバイト行くから。ほら、斑目、お前は冬野さんに用があったんだろ」

冬野さんに聞かれていると今さら気づき、でかい図体でもじもじしている斑目の肩を叩くと、奴は目を輝かせた。

「稲成……！　みゆきちゃん狙いじゃないのか……!?」

「だから、本人の前でそういう露骨な話題を出すなっつーの。ほんと、ごめんな冬野さん。コイツの言うことは、あんまり気にしないで」

「なんだ、残念。答えてはくれないんだ？」

手を振って背を向けた俺に、冬野さんの少しだけ拗《す》ねたような声が聞こえた。

振り返ったが、大仰な身振り手振りで冬野さんに話しかけている斑目の背中が見えただけで、小柄な彼女の姿は完全に隠れてしまっていた。

（……今の、どっちに対してだ？）

斑目が来る前に彼女が発していた言葉にか、それとも、俺が斑目の無神経な質問に答えなかったことか。

まあ、後者はないだろう。それじゃあ、まるで……。

（彼女が、俺に気があるみたいじゃないか）

一瞬だけ頭をよぎった自惚《うぬぼ》れ。

（まさか。ないな）

けれど、身のほどを弁えている俺は、すぐさまありえないと否定し教室を出る。

間際、ひやりとした空気が頬を撫でて、「なんか、エアコン効きすぎじゃない？」という女子の声が聞こえた。

男の俺ですら一瞬寒かったくらいだから、もしかしたら女の子にはキツイかもしれない。こうなると、やっぱり冬野さんの長袖ってのは、理に適《かな》っているのだろう。

そんなことを考えながら、教室棟をあとにしたのだった。


俺の通う大学は、いわゆるエスカレーター式の一貫校というやつで、敷地内には高等部も併設されている。俺は大学からの外部受験組だから、高等部のことは詳しくないが、緑も多いし駅からも近いから、立地条件だけでいえば最高だと思う。

（環境はいいよな、ここ）

そんなことを思いながら、並木道を歩く。

今は緑の葉っぱをたくさん生やしている銀杏《いちょう》並木の横にはグラウンドがあって、そこでは本日の授業を終えた高等部の生徒たちが部活動に励んでいた。

午後とはいえ、気温は高く日差しもキツイ。水分補給を忘れずにガンバレよと心の中でエールを送る。

（あれ？）

そして部活に励む高校生たちを、俺と同じように横目で見て通り過ぎて行く、大学生たち。その中にただひとりだけ、周囲から切り取られたように雰囲気の違う生徒がいた。

銀杏の木に隠れるようにして、グラウンドを見つめているのは、高等部の制服を着た、女子生徒だ。

(運動部のマネージャーって感じじゃないし、部活見学の時期でもないよな？　それにしては、こんな暑いのに熱心だな)

彼女は、グラウンドの中に好きな人でもいるのか、じっと視線を注いでいる。かと思ったら突然、うずくまってしまった。

皆気がつかないはずがないのに、誰も彼もが無関心に通り過ぎて行く。

(お、おい、ちょっと待てよ……)

なにも目に入っていないと言いたげな態度だ。

あまりに薄情すぎやしないか？　それとも、都会の人は皆こうなんだろうか？

見ていられないと、俺はそちらへ近づいて、女子生徒に声をかけようとした。

「あの……」

大丈夫ですか？　そう続けるはずだったのだが、俺の声は途中で遮《さえぎ》られる。

「狐」

「!!」

人の進路を塞ぐように、色素薄い系美形が目の前に飛び込んできたのだ。

「あ、安倍さん？　なんですか急に、あぶねーな……！」

なんでコイツが俺の大学にいるのかだとか、人の目の前に立つなだとか、言いたいことはいろいろあったが、まずなにより具合の悪そうな女の子の心配が先だった。

安倍をよけようとすると、奴の手が俺の肩にのせられる。

そして、小さな声が一言――。

「やめておけ」

冷たいくらいの響きで、囁いた。

「は？　バカ言ってないで、そこをどけ……あれ？」

銀杏の木と木の間にうずくまっていたはずの女子生徒。彼女の姿は、忽然《こつぜん》と消えていた。

きょろきょろと辺りを見回す。もしかしたら、気分がよくなったのかもしれないと考えたからだ。

こんな短い時間で、あっという間に立ち去れるわけない。大丈夫なら近くを歩いているだろう。だが、それらしき姿はどこにも見当たらない。

そのかわり、具合が悪そうだった女子生徒には無関心だった連中が、なぜか今は足を止めたり、歓声を上げたりしてこっちを見ている。いや、正確には俺の横にいる、やたらめったらきれいな男に、女性陣が注目していた。

当の本人である安倍は、騒がれることなど慣れっこなのか、平然としている。

「お、おい、アンタめちゃくちゃ目立ってるんですけど……！」

「ああ、いつものことだ。気にするな」

「いつもなのかよ！　やべ、なんか女子の目の色が怖いんだけど」

「放っておけ、どうせ近づいてはこない」

まるで、野生動物の話でもしているかのようだが、言われてみれば誰ひとり近づいてこない。

顔を赤くして歓声を上げる、あるいは足を止めて見惚《みと》れるけれど、距離を詰めようとはしないのだ。

「行くぞ、狐。……ここは、あまりよくない」

そう言った安倍は、周囲の視線など気にも留めずに俺の肩を叩くと歩きだした。

──気になって、もう一度銀杏の木を見た俺は、やっぱりそこに誰の姿もないことを確認し、奴を追いかけた。

『せんせい……』

踏み出した瞬間、今にも泣きだしそうな、か細い女の子の声が聞こえた。

ハッとして振り返ったが──安倍が立ち去った今、後ろにいたのは、再び流れだした人たちだけだった。

「遅い」

正門を出ると、安倍が不機嫌そうに待っていた。

「すみません。つーか、なんでうちの大学にいるんですか。それも、俺の講義が終わる時間ぴったりに」

俺が何曜日にどの講義を取っているかなんて知るはずがないのに、終わる時間ぴったりに現れた安倍。

まるで、待ち伏せていたみたいだが、いくらコイツが春夏冬のオーナーだとしても、たかがバイトの大学生活まで把握しているはずがない。

それなのに、なぜだ？

俺の訝《いぶか》しげな視線に気づいた安倍は、今さらだというような態度だった。

「僕に知らないことなどないのだよ。何度も言っているはずだがね」

「もしかして……俺のストーカーですか？」

勘弁してくれという気持ちで伝えると、安倍は大仰に顔をしかめた。

「くだらん戯《ざ》れ言はよしたまえ。なぜ、僕がそんな面倒なことをしなければいけない。わざわざ、君の行動を四六時中監視なんて……ああ、退屈すぎて目眩《めまい》がしそうだ」

心底嫌そうだ。もちろん、嬉々として肯定されても困る。だが、やっていることは、ほぼ似たようなものではないかと思った俺の口からは、ついつい皮肉が飛び出す。

「今、まさにストーカーもびっくりなタイミングで現れたアンタにだけは、そんなこと言われたくないんですけど？」

歩きだす安倍と並ぶと、奴は退屈そうな半目を俺に向けてきた。

「君は、一応うちの従業員でもあるからな。忠告しに来た。まあ、少し遅かったみたいだがな」

「？」

じっと俺の顔を見つめた安倍は「はぁ……」と深いため息をついた。

そして、チラリと後ろを振り返り一言呟く。

「女難《じょなん》の相が出ているぞ、狐」

「女難……？」

つられて振り向くけれど、後ろには誰もいない。けれど、なんだか背筋が寒くなった。

「憑《つ》かれたな」

「すみません、今のは〝疲れた〟って言ったんですよね？」

「ああ、憑かれているな」

「疲れた、ですよね？　疲労困憊《ひろうこんぱい》という意味ですよね？　他意はないですよね？　そうだって言ってください、お願いします……！」

意味深な安倍の言葉に不安が増して訴える俺だったが、また、か細い声が聞こえた。

『……先生……』

ハッとして辺りを見回す。

歩道を歩くのは俺たちだけではない。他にも腕時計を確認しながら足早に歩き去る男性や、買い物帰りとおぼしき母子など、様々な人がいた。それに、車道にはたくさんの車が行き交っている。

小さな声なんて、至近距離でなければかき消されてしまうはずなのに――。

俺の耳には、たしかに女の子の泣きそうな声が聞こえた。近くにいるのは、安倍だけにもかかわらず、だ。

「やれやれ。本当に君は、好かれる質なんだな。……店に行くぞ」

「み、店？」

「ああ、そうだ。本日のお客人が現れたからな」

「ど、どこにいるんですか……!?」

「言ってもいいのか？」

じっと目をこらした安倍は、なぜか俺の肩のあたりを注視している。

「君の右肩あたりに、恨めしげな顔をした——」

「いや、やっぱ今のなし！　ストップで！　言わなくてもいいですから！」

その代わり、早く店に行きましょうと俺は走りだした。

「狐、僕はこの暑い中、走れとは言ってないんだが……？」

呆れたような安倍の声が背中に放たれたが、脅した張本人がなにを言っているとい
う心境で、俺は一心不乱に足を動かしていた。


ようやく店が見えてきた。

裏口に回ろうとする俺に、安倍が至極のんびりとした声で言う。

「ああ、狐。店の正面から入れ。お客人は、君の後ろにいるからな」

「やめろ！　そういうことを真顔で言うの、やめてください！」

「事実だ」

しれっとした顔の奴は、店の引き戸に手をかけ——珍しいことに、足を止めた。

「言い忘れていたが、今日も子鬼が来ているぞ」

「え？」

「君はいつ来るんだ、まだ来ないのかと、朝から騒がしい」

赤は、探し屋の仲間に入りたいなんて物好きなことを言いだして以降、店にもよく顔を出す、来ていても別に不思議ではない。安倍が店の中に入ると、元気な子どもの声がした。けれど、俺は中に入るのをためらってしまう。

「あっ、アベ！　お帰り！　兄ちゃんも、来たんか!?」

「狐、子鬼が君の姿をご所望だ。さっさと中に入りたまえ」

安倍の声は、叫んだわけでもないのに、よく通る。こうして俺を呼ぶ声も、無視できないほどはっきりと聞こえるわけで。

（だからって、俺の今の状況、なんかすげーヤバイんだろ？　う、後ろにお客さんがいるっていうし。赤もいるのに、危険じゃないのかよ……！）

俺の懸念は、店の中から顔を出した不機嫌そうな男により、その辺に丸めて捨てられた。

「まったく。何度呼ばせる気だ？　僕に手間をかけさせるんじゃない。それとも、君は耳が遠いのかね、狐」

「いや、だって……赤が」

赤には聞こえないようにと、小さな声で言い訳すると、安倍は「そんなことか」と肩をすくめ、笑った。

「君は、本当に甘いな」

「は？」

「──面倒くさい。さっさと入れ」

「なんっすか、それ？　ちょ、引っ張るなよ！」

よろけた俺は、一歩店内に足を踏み入れてしまう。同時に、ちりんといつもの鈴の音が聞こえた。

（あれ？　安倍が入った時には、鳴らなかったよな？）

そういえば以前、特殊な仕掛けがあるとか言っていたような気がする。どんな仕掛けかは怖くて聞けなかったけれど。

思い返しながら、俺は体勢を立て直す。

「兄ちゃん！」

入ってしまった上に、赤に見つかった。もう逃げられないから意を決し、引き戸を閉めようとした。

その途端、本当に、いきなりだった。

──チリン、チリン、チリン、チリン、チリン、チリン。

鈴の音が、けたたましく響く。暴風に煽られているかのように、絶え間なく何度も何度も。

「なっ、え？　なんで……!?」

うろたえる俺に、一番初めに反応してくれたのは赤だった。

「に、兄ちゃん、どうしたんじゃ……！」

「ち、違うぞ、壊してない！　俺、なにも壊してないから……！」

「………」

けれど、赤の反応はいつもと違った。

普段なら、俺の姿を見つけると、パッと明るい笑顔を浮かべて駆け寄ってくる。しかし、今は耳を塞ぎつつ俺を遠巻きに凝視していたかと思うと、突然叫んだ。

「憑かれとるぞ!!」

つかれている。

安倍にも言われたその言葉を、赤の口からも聞くとは思わなかった。ぞわぞわっと背筋に寒気が走る。

「疲れてるだよな!?　すっげーくたくたに見えるよってことだよな？　なっ!?」

「う、うん？　憑かれとるせいで、疲れとるんか？　いかん。それは、えらいことじゃぞ、兄ちゃん！　アベ！　はよう兄ちゃんを助けてやらんと、しわしわでしなびた野菜みたいになってしまうぞ！」

否定してほしい一心でまくし立てる俺に、赤はちょっと戸惑っていた。けれど、ハッと真剣な表情になると大慌てで安倍に駆け寄った。

そして、ぐいぐいと奴の腕を引っ張る。

「アベ！　なあ、アベ！」

「落ち着きたまえ」

「だって！　兄ちゃんが、かさかさで、しわしわで、よれよれに……！」

「ならない。狐が往生際《おうじょうぎわ》が悪いとすれば、お前は考えが飛躍しすぎだ。たしかに憑かれているが、まだ大丈夫だ。……まだ、な」

安倍に諭《さと》されて、赤はホッとしたように頷いた。

けれど、俺は逆に全然安心できない。

「今、まだって部分をやたらと強調しませんでした？」

「狐、揚げ足を取る暇があるなら、眼鏡を外せ。そして、ゆっくり後ろを振り向きたまえ」

「……え？」

「口は閉じろ。間抜けに見えるぞ。そして振り返るんだ。いいか？　ゆっくりだぞ」

眼鏡を外せという安倍の指示。それはつまり、普通は見えないものが、俺の後ろにいるということに他ならなくて……。

（い、いませんように！　なにもいませんように！）

バカみたいに祈りつつ、少し眼鏡をずらした俺は、頭だけをわずかに動かして後ろをチラ見した。

そこにいたのは、女の子だった。女の子がひとり、しゃがんでいる。

「へ？」

あれ、普通だ。

そう思った俺は、今度は完全に眼鏡を外し、再度彼女を見る。

（やっぱり、普通だ）

安心して、ゆっくりと体ごと振り向いた。俺の動きに合わせるように、女の子がゆっくりと立ちあがる。

「あれ？　君、それ、うちの付属校の制服……」

立ちあがった彼女を改めて見ると、付属高校の制服を着ていた。こちらを見上げる顔は、血の気が失せていているものの、ごく普通の――。

『……先生……』

泣きそうな声が、彼女の唇から発された。

『……先生、どうして……』

打ちひしがれたような言葉には、どこか危うさを感じる。

（う、嘘だろ）

ごく普通の女の子、そう思い込んでいたが、間違いだったかもしれない。

彼女の胸には、真っ黒な穴が開いていた。

「ひっ……！」

自分の口から、引きつった悲鳴が漏れる。

『ねえ、先生……』

その時になって、俺はようやく気がついた。

彼女のか細く泣きだしそうな声は、俺が大学で聞いたものとまるっきり同じだと。

そう、真っ青な顔色の女の子は、並木道の間に挟まるようにしてグラウンドを見つめていた、あの女子生徒だ。

近くで見たことで、さらに不思議な点を発見する。

制服だ。すでに衣替えも終わり毎日暑いというのに、目の前の彼女が着ている制服は付属高校の、冬服だった。

まったく普通ではない状況だと言える。

『先生……』

女の子は、どこか虚ろな目で俺を見ると、繰り返した。

「せ、先生？　い、いやいやいや人違いだと思います！」

『先生』

「だから人違いです。俺はただの大学生だし、家庭教師のバイトはしてないんで！」

『先生、先生、先生……』

ぽつり、ぽつり。吐き出される言葉は、ひたすら同じ。

そのたびに、俺は違うと否定する。だけど、返答なんて聞こえていないようで、女の子はただひたすら同じ言葉を吐き出し続けた。しおれた花のように元気のない声で、悲しげに、けれど執拗《しつよう》に、延々と。

『先生先生先生先生先生先生――』

たがが外れたように溢れてくる言葉は、まるで呪《のろ》いのようだ。

そんな風に考えたことが悪かったのか、女の子の生気のない目がぎょろりと動いて俺を映した。ぬっと腕が伸ばされたが、底なし沼のような真っ黒い目に恐怖を感じ、思わず一歩身を引く。

『……先生……』

途端、女の子の顔が泣きだす寸前のように歪んだ。

（……あ）

そのまま引けば、彼女が今伸ばした手は、俺に届かず空振りで終わっただろうに、顔を見たせいで一瞬足が鈍った。

それが、いけなかった。

伸びてきた手は、しっかりと俺に届き、がりっと頬に爪が食い込んだ。

「――っ！」

「狐!?」

「兄ちゃん！」

俺がよけると思っていたのか、安倍が後ろで焦ったような声を上げる。赤にいたっては、悲鳴に近い。

「おい！　兄ちゃんに、なにするんじゃ！」

「赤くん、いけません」

赤が、くわっと歯を剥き出しにして女の子に食ってかかるのを、店長が押さえる。

「そうだ。店主の言うとおり、お前は下がっていろ子鬼」

「で、でも、兄ちゃんが……」

おろおろと自分を止める大人ふたりの顔を交互に見上げた赤だったが、自分を抱きかかえた店長から逃げる術はないと察したのか、おとなしくなる。

こんな状況でも、女の子はなにも聞こえていないのか、俺しか見えていないようだった。

（いや、これは本当に、俺を見てるのか？）

顔に食い込んだ爪はそのままで、彼女の血の気の失せた唇が、また微かに動いた。

せ　ん　せ　い　――と。

俺は自分の頬を抉《えぐ》ったまま動かない女の子の手を、ゆっくりと握る。

（……冷めたい……）

ひんやりとした冷たい手。

今の季節なら、心地よく感じてもいいはずなのに、腹の底からぞくりとした寒気がこみ上げてきた。動揺をなんとか押し殺した俺は、ひたすら刺激しないようにと注意しつつ顔に立てられたままの爪を離そうと試みる。

『……先生……？』

その時聞こえたのは、ともすれば聞き逃しそうなほど小さな声だった。だが、数秒前と違い、戸惑うように揺れていた。

女の子には声音と同種の表情が浮かんでいて——初めて話が通じる状態になった。

「いいえ、ひ……人違い、です」

震えをごまかすように、首を横に振った。意を決して発したはずの声は、ごまかしきれず震えていたが、彼女からは反応がない。

『…………』

それをいいことに、俺は手を掴んだまま、慎重に下におろす。

彼女は一連の動作を咎めない。ただ大きな目で、じっと俺の動きを追っていた。

俺がおそるおそる手を離したところで、彼女は目を伏せてしまう。

『……そんな……先生……どこにいるの？』

人違いに、気づいてもらえた。あるいは、納得してもらえたのだろうか。

爪でひっかかれた左頬にはヒリヒリした感覚があるが、向かいあった彼女の消沈っぷりから、これ以上の追撃はないと判断できた。

我が身の安全は確保できたけれど、目の前で女子高生がうずくまって泣きだすのだから、安堵よりも罪悪感が押し寄せてきて、ひどい。

ちらりと珍しくおとなしい安倍を振り返れば、奴はぽかんとした顔で俺たちを見つめていた。

「……なんとかしてください……！」

小声で助けを求めれば、奴はようやく我に返り——今度は、渋面《じゅうめん》を作った。

出会った時は、スカした顔しか見ていなかった気がするが、実は感情がそのまま顔に出るタイプだったらしい。コイツは結構表情が変わる。

もっとも、どんな表情を浮かべようとも崩れるような顔の作りではないので、ぽかんと間抜け面をさらそうが、渋い顔を作ろうが、似合わない爆笑をしようが、奴は美形のままだ。きっとこの調子では、変顔したって美形なのではないだろうか？　ちくしょう。

現実逃避のために不平不満を胸中にずらっと並べ、奴が名案を出してくれるのを待っていたのだが、いつもはどんなに言いにくい内容でもポンポンと無遠慮に吐き出す男は口を閉ざしたままだ。

「安倍さん？」

「…………」

「おーい、もしもーし？　安倍さん、聞こえてますか？」

「……呆れたぞ、狐」

「はい？」

「君は本当にバカだ。僕の予想をことごとく覆す、度し難いバカだな」

なぜ急に悪態をつかれなければいけないんだ。女の子が泣いている状況で、わざわざ優先することだろうか。

そんな思いのままに安倍を睨むと、奴は呆れたとばかりに嫌みったらしく肩をすくめてみせる。

「僕には、オカルトなんかと散々言っておいて自分から首を突っ込むなんて、信じられない。このウソツキめ。……今度は霊に憑かれてどうするんだ」

「…………」

言われて、俺は泣いている女の子を見下ろす。そして、眼鏡をかける。

（ああ、よかった。眼鏡をかけてもちゃんといるじゃないか）

女の子の姿形はそのままだ。

眼鏡をかけているのにしっかりと存在が確認できるということは、こんな暑い夏になるとよく話題になる、霊などといったオカルトとは違うのだろう。

自分の出した答えに納得しようとする俺に、安倍から鋭い指摘が入る。

「見ないふりはやめたまえ。たった今、自分で虚《うろ》を見ただろう」

「うろ……？」

「この娘、胸に黒い穴が開いているだろう。それが、虚。――あるはずのものが欠けた状態だ。この霊、自身にとって大切ななにかを失ったようだ。……おい、娘」

説明を終えた安倍は、しくしくと泣いている女の子に声をかけた。

けれど、女の子はピクリとも反応しない。

「おい、聞こえていないのか娘」

「こら！　兄ちゃんにケガさせたんじゃ、ちゃんと説明せんと、おれも怒るぞ！」

「赤くん、ここはお兄さんふたりにお任せしましょうね？」

店長に抱っこされた状態の赤までムッとした顔で口を挟んでくるが、女の子はやはり無反応。赤をたしなめている店長のこともスルー。

わざと無視しているというより、まるで聞こえていないようだ。

「お、おーい、お嬢さん？」

おそるおそる俺も呼びかけてみると、彼女はのっそりと顔を上げた。

「……ええと、こっちのお兄さんが、君に話があるみたいなんだけど」

「…………」

『――――』

俺が手で示せば、女の子はむっつりと押し黙った安倍に視線を移動させた。

そして、首を左右に二、三回振ってみせる。

『……先生じゃない』

「いや、それはわかるんだけど……」

『先生、先生、どこなの先生、どうしてわたしをひとりにするの、ずっと待ってるのに、ずっとずっとずっとずっと……』

また泣いた！

正直、俺も頭を抱えて泣きたい気分だ。

安倍はというと、苦虫を噛みつぶしたようなという表現は、こういう顔のことを表しているのだろうってくらいに、ますます渋い顔になっている。

「その先生とやらは、ここにはいない。待っていると言ったな？　それならば、なぜこの狐に憑いてきた？」

『……知らない、そんなこと知らないもの』

「知らない？　構内でお前が狐に目を付けたことは、把握しているんだぞ。知らないはずがないだろう」

『知らないわ、本当に、知らない、わからない、先生はどこにいるの？　お願い、先生に会わせて……！』

「――ふん」

安倍の目が、一種の冷たさを伴って細められた。

「お前がさっきから言う、その先生だがな。いったい、なんなんだ」

『なに？　なにって……先生は、先生よ。決まっているじゃない、わたしの……』

そこで、女の子の言葉が不自然に途切れた。不安そうに、目線が宙をさまよう。

『わたしの……？』

続ける言葉を忘れてしまったように、彼女は呆然と口元に手をやる。

けれど、安倍は重ねて追求した。

「どこの誰だ？　お前の、なんだ？　名前は？　年は？　背格好は？」

『先生は、先生はわたしの、先生……せんせい、せんせい……』

「それ以前に、お前はいったいどこの誰だ。学生か？　名前は？　なぜこの男にケガをさせた？」

答えられないのか、女の子はただ首を左右に振るだけだ。

さながら追い詰められたネズミで、安倍はそれをいたぶる猫だろうか。くいっと器用に口元をつり上げる。

「当ててやろうか？　――覚えていない、そうだろう」

奴が浮かべたのは、冷笑。

すると、女の子がガタガタと震えだした。寒いとか、赤やのっぺらぼうさんのように安倍保明という男が怖いとかではない。

――奴の答えが、図星だったからだ。

女の子は頭を抱えると、もう一度だけ『先生』と呟いた。

救いを求めるような声だったけれど、その言葉はなにかを思い出すための魔法の呪文にはならなかったようで、女の子は震えたまま自問自答のように呟く。

『どうして、わたし、からっぽなの……？』

「それが知りたいなら、奥へ来るといい」

「安倍……？」

「ここ春夏冬では、失せ物探しを承っているからな。そうだろう狐、子鬼」

不意に話を振られた俺は、慌てて頷く。赤も、訳ありなのを見て取ってか、口をへの字にしつつも、頷いた。

「おう。……大事なもんがなくなったんなら、ここをたよるのが一番ええ」

「ここには、割と君みたいな訳ありなお客さんが来るから……よかったら、話を聞かせてくれないか？　力になれるかもしれないから」

『……はい』

しばし沈黙していた女の子は、新たに滲んできた涙を指先でぬぐうと、恥ずかしそうに頷いた。

「店主、茶だ」

安倍はいつもながら偉そうに注文して、一番奥のボックス席へ行ってしまう。

ただ今日は、一言余分に付け加えた。

「それと——本日休業の札を立てておけ。誰も入れるな」

「はい、かしこまりました」

店長は疑問すら挟まず、いつもの笑顔で安倍の要求に応える。まあ、オーナー命令だからなのだろうけれど……。

「おい、さっさと来い狐。時間が惜しい」

高圧的だったり冷たかったりするくせに、急に手を差し伸べてくる。

かと思えば威圧的で無意味に偉そうで……、コイツは本当によくわからない性格をしていると思う。

俺の横にいる女の子も、安倍の掴めない性格に戸惑っているようだ。

いい人に見られたい——安倍はきっと、そんな風には思わないのだろう。

損な性格をしている男を追うように、俺は女の子を促し、いつもの席に向かった。

丸座布団が敷かれた長イス。そこに、最後のひとりである女の子が腰かける。

「あ、飲み物は？」

見計らって声をかけると、彼女は気まずそうに俺と安倍を見比べた。頼んでいいものかどうか、迷っているようだった。

「お前が僕たちに依頼するというならば、今からお客人ということになる。……一杯はサービスだ、好きなものを頼むといい。僕は紅茶で」

『ええと、それじゃあ、同じものを……お願いします』

安倍が無関心を装うようにメニュー表を広げながら言うと、女の子はすかさず同調して俺に頭を下げる。

「だそうだ、狐」

「はい、かしこまりました」

俺がそう返事をしてカウンターを振り返れば、店長は心得たというように頷いてくれた。

赤は、いまだぶすくれているものの、イスにおとなしく座っている。大丈夫だと笑いかけると、眉毛が悲しそうに下がったものの、こくりと頷いてくれたので、ひとまず安心して席につく。

安倍が、仕切り直すように口を開いた。

「さて、まずはお前の名前を教えてもらおうか」

『わたしは――あれ？』

「どうした？」

『わたし、わたしは……』

安倍は動じずに、女の子を見ている。じっと、些細な動きすら見逃さず、観察するように。

「お前はいったい、誰だ」

『………』

沈黙。

彼女は、自分を示す名前すら持っていなかったのだ。

「決まりだな。当面の探し物は……自分自身だ」

『わたし自身……？』

「その虚は、欠落を意味する。お前は自身にまつわる大切なものを失くしたせいで、不安定な存在と化しているんだ」

『うろ？　欠落？　不安定？』

次々と投げかけられる単語におろおろしている彼女は、まるでいつもの自分を見ているかのようだ。

手加減してやればいいのにと思う俺を尻目に、安倍は最後にとてつもない爆弾を投げつけた。

「まだ気づかないのか。その穴に」

女の子の胸の真ん中を指さしたのだ。

こうして眼鏡をかけていると、おかしなものはなにも見えない。だが、俺もさっき眼鏡を外した時に、空洞を目にしている。

視線を落とした彼女は、自分の体に開いた不自然な穴を確認したようだ。ひどく驚いたように、両目が大きく見開かれた。

『え？　……なにこれ……ええっ？』

「堕《お》ちかけだったんだ、失ったものはお前にとってよっぽど大切なものだったからこその錯乱だろうが――うちの狐を、穴埋めの代償にしようなんて、バカなことを考えたものだ」

『ま、待って、なにこれ？　なんなの、この穴！　わたしの体、どうなってるの!?』

「どうって……お前は今、魂だけの存在だろう？」

しれっとした顔で、安倍はとんでもないことを口にした。

『魂って、わたし死んで……っ』

度重なる追い打ちに、女の子は言葉を詰まらせるが、奴は止まらない。

「わかりやすく言えば、幽霊だな。だから、狐に憑いてこられたんだ」

「待った！　安倍さん、ちょっと待ってくれ！　一回、ストップ！」

「なんだ、狐？」

「アンタ、今とんでもないことを普通のテンションで言ったからな……!?」

女の子は、安倍の直球すぎる言葉にショックを受けている。

『……幽霊なの、わたし？』

「ああ、そうだ。その上、暴走した。狐の顔を見ろ。お前がやったことだぞ」

俺の片頬についた爪の痕。

今思えば、さっきの彼女は、ひどく錯乱していた。

もっとぶっちゃけてしまえば、それこそホラー映画なんかに出てきそうな感じだった。でも、今は憑きものが落ちたように落ち着いていて、会話も成り立つ。

彼女はうつむいて、状況を整理するように、ぽつりぽつりと呟き始めた。

『……先生……そう、わたし、この人を先生だと思って。でも、それから頭が真っ白に……うん、真っ黒になって、気がついたら先生がいなくて……』

「………」

途中、女の子は堪えきれずに、また泣き始める。

気の毒だとは思う。けれど、自分が幽霊だと言われているのに、取り乱さないことが不思議だった。

(俺だったら、そんなこと言われたらもっと……)

「ウソツキである君だって、傍から見れば似たようなものだと思うがね」

「え?」

頬杖をついた安倍は俺に、つまらなそうな視線を注いでいた。

まるで、たった今考えていたことを、見透かされているようだ。

「君はオカルトは嫌だ、信じないと言いつつ、常識を超えることが起これればその事実を受け入れている。目をそらしつつも、自分の普通が脅かされないように、つじつまを合わせて受け入れているのさ。……本当は全部、わかっているから」

この娘も同じだと、安倍は言う。

「自分がどういう状態にあるのか、知っていた。ただ、一度は受け止めた真実を、失ってしまった。――見て見ぬふりで、つじつま合わせにいそしむ狐とはたいそうな違いだな。うちの従業員に憑いたことは許し難いが、この点だけは評価したいね」

「意味がまったくわかりません」

「それでかまわないよ。君の見ないふり、理解できないふりに、僕もだいぶ慣れてきた。君は、知らないわからないと口で言いつつ、本質では理解している。——助手としては、十分だ」

にっと笑った安倍は頬杖を解くと、しくしくと泣いている女の子を見た。

「お前は、自分がこうなった理由まで失ったせいで堕ちかけ、つまり怨霊《おんりょう》になりかけていた。それまでのお前は、害意ある存在ではなかったんだろう。あの学園の界隈《かいわい》に危険な霊がいるなどと、陰陽師の間でも話題にならなかったからな。問題は、なぜ豹変したかだ」

「おちかけ？」

「無害が有害に転じることだ。そうなると、救いは二度と訪れない。陰陽寮は被害が拡大するまえに、調伏許可を出し、対象の消滅を急ぐ」

『消滅って、わたしが？』

「このまま放置しておけばな」

無害な幽霊が生者に害をなす存在、つまり怨霊になることを、堕ちるというらしい。いずれは成仏することができたはずの霊は、有害な存在になると、この世に留まり続け、命ある者を呪い続ける。

そうなると、もう退治するしかないのだそうだ。

　悪い幽霊を退治するといえば聞こえはいいが、実際は完全なる死、存在の抹消だ。二度目の死と比べれば、成仏は確かに救いといえるだろう。あくまで、生きている人間の観点からだが。

　けれど、女の子をこのまま放置しておけば、今聞いた最悪の事態に陥りかねない。

　俺の顔をひっかいた以上のことを無差別にしでかす存在になるのだと、安倍は言う。彼女がなくしたものは、よっぽど大事なものだったから、どうしても不安定になってしまうのだと。

　だからって消し去るなんて、と俺が言葉に詰まると、安倍はそうならないために動くのだと言った。

「害ある存在、怨霊になる前になくしたものを見つけ出さなければならない」

　解決策は、この子の大切なものを探し出すことなのだが、本人はなにも覚えていないのだ。手がかりになりそうなのは彼女がずっと口にしていた「先生」という言葉くらいしかない。

「おれ、いいこと思いついたぞ！」

「ん？」

　場の空気を一変させる、元気のよい声が響いた。赤が得意げな顔をして俺たちの方を見ている。

「じゃったら、この姉ちゃんが言ってる先生を見つけたらええんじゃねーか？　おれの時、青をさがしてくれたみたいに！」

名案を思いついたとばかりに、長イスの上に据えつけられた子ども用のイスから身を乗り出してくるから、見ているこっちがハラハラする。

「赤くん、きちんと座っていないと、イスが倒れてしまって危ないですよ」

俺と同じ心境だったのか、店長が作業の手を止め優しく注意した。

「でもでも、これって名案じゃろ⁉」

赤は言われてすぐにきちんと座り直した。だが、やたらきらきらした目で俺たちを見つめてくる。

「先生、か。まあ、現状手がかりはそれくらいだよなぁ」

『捜してくれるの⁉』

俺が赤に相槌を打つと、次々と降りかかる難題に打ちひしがれていた女の子がパッと顔を上げた。

だが――。

「愚か者。この世の中に、先生という肩書きを持った存在が、どれだけいると思っている」

すぐさま、安倍から待ったがかかる。

（たしかに、な）

安倍の言っていることは、正しい。

学校の先生、幼稚園の先生、塾の先生から始まり、お茶の先生やら料理の先生、果ては政治家にまで先生がつく世の中だ。しらみつぶしに探すのは、砂丘に米粒を落としたから探してこいと言うようなものだろう。

「むぅ……」

自分の考えが一蹴《いっしゅう》されたからか、赤がしょんぼりと肩を落とした。

「名案じゃと思ったのに……」

「焦るな、子鬼」

安倍が、慰めとも追い打ちとも思える一言を投げかけると、赤が顔を上げた。

「でも、このままじゃったら兄ちゃんが！」

「へ？　俺？」

なにせ、一口に先生と言ってもジャンルの数だけ存在するのだ。世間は、多種多様な先生で溢れているからなと、女の子の捜し人に関して頭を悩ませていた俺は、突如自分を引き合いに出され、間抜けな声を上げてしまった。

赤と目が合った途端、泣きそうな顔をされる。

「赤、どうしたんだ？」

「……ぐすっ」

どうやら、本格的に泣きだしてしまったらしい。心配になり、思わず腰を浮かしかけた俺だったが、横にいた安倍に腕を掴まれ、行動を制止される。

「なんっすか？」

「優先順位を間違えるな、狐」

「はあ？」

どう考えたって、泣いている子どもを心配するべきだろう。

それなのに、安倍は渋い顔で俺を睨む。

女の子は、おろおろと俺と安倍、そして泣きだした赤へと視線を何度もさまよわせ、途方に暮れていた。

『ごめんなさい、わたしが簡単に先生を捜してくれるの、なんて言ったりしたから』

「いや、それも、まあ、別に……」

「まったく。こんな状況下でも、君は相変わらずだな」

呆れたように鼻を鳴らした安倍が、俺の腕を離してふんぞり返る。

「女子《おんなこ》どもに甘すぎる狐め」

「でも、このままじゃマズいんですよね？　だったら、やっぱ手がかりから当たるしか――」

「そうだな。放置しておけば娘は怨霊になり、憑かれている状態の君は、とり殺されるだろうな」

「はい？」

『え？』

俺と女の子は、そろって驚きの声を上げた。

互いの顔をおそるおそる見て、すぐに安倍に視線を転じる。

「アンタ、今しれっと言ったけど、俺がとり殺されるって、どういうことですか!?」

『そんな、わたしが人をとり殺すなんて……！　なんとかならないんですか!?』

「兄ちゃんが、しわしわで、かれかれになったら嫌じゃ〜っ！」

ふたりそろって、そんなのは嫌だとわめく俺たち。そして赤は、安倍の一言が決定打になったのか、声を上げてわんわんと泣きだした。

「俺だって嫌だぞ、しわしわの枯れ枯れなんて！　ミイラ化待ったなしじゃないか！」

「うわぁぁん!!」

『わ、わた、わたしだって！　人を……なんて、絶対に嫌です！　したくない！　あっ、ボクも泣かないで!?　お姉ちゃん、そんなことしないから、怖くないから！』

混乱する店内で、安倍はうるさげに手を払う。

「黙れ。そろってがなり立てるな、耳障りだ。あと、子鬼、そうならないために僕がいるんだ。泣きやめ」

「うぅっ、ひっく、ぐすっ……に、兄ちゃん、しなびたりしないか？」

「無論だ。——店主、子鬼をなんとかしろ」

「はい、かしこまりました。……赤くん、大丈夫ですよ。お兄さんたちふたりなら、きっと今回も、彼女の探し物を見つけてくれますから」

「兄ちゃ～ん」

店長が慰め……安倍も、不器用ながら慰めているつもりなのだろう。

その甲斐あってか、赤は少し落ち着いた。でも、不安そうに俺を見つめてくる。

「赤、大丈夫だって」

「楽観的だな狐。君はとり憑かれているんだぞ。その娘が怨霊になれば、当然最初の犠牲者は君だろう」

「ぎ、犠牲とか言うな！」

『そうですよ！　わたし、そんなことしたくありません！』

俺は女の子の言葉に同意を示し、何度も首を縦に振る。そして、横で涼しい顔をしている男を睨んだ。

「というか、アンタなぁ、赤には自信満々で答えておいて俺にはなんなんだよ、その塩対応！」

「僕には、しかるべき能力がある。が、君は形容しがたいほど残念な男だろう？　足を引っ張る要因は、残念狐くらいしか思い浮かばないからな」

「残念……！　くっ……！」

「ふむ。ここで言い返せないのが、君が残念たる理由だろうな。嘆かわしい」

「う、うるさい！　と、とにかく、とり殺されるとかゴメンなので、パパッと手がかりから当たったらどうですか？」

「君は、少し前のことも覚えていられないほど頭が軽いのか？　いいかね、先生という存在は……」

「世の中に腐るほど溢れてるのはわかりますけど！　この子の制服、うちの付属校のものなんですよ。だったら一番濃厚な線は、学校の先生じゃないかって思うんです」

「学校の……」

　ふと、安倍が言葉を止めた。

　そして、女の子を見る。

「辛うじて残っているのは、先生という存在への執着心だけ……待てよ」

　黙っていれば安倍はきれいな顔をしているから、そんな男に凝視された女の子は当然照れてしまい、頬をほんのりと赤くした。

『あ、あの……？』

「そうか。それが、鍵か。でかした狐！　あとで油揚げを奢ってやる！」

ぱんっと安倍が膝を打つ。

「え？　どうも……」

「さあ娘、先生のことを洗いざらい吐け、今すぐ吐け、早く吐け」

とっさに礼を言ったものの、安倍は返答なんてまったく聞いていなかった。女の子に食いつく勢いで身を乗り出している。

当然、彼女は真っ赤になってのけぞった。

「待て待て待て！　食い気味だ！」

見ていられず止めに入り、安倍を席に引き戻すと、女の子は幾分か落ち着きを取り戻した様子でホッと息を吐く。それから、しばし考えるように視線を落としたが、首を横に振った。

『ごめんなさい。先生のことって言われても……わたし、なにも思い出せなくて』

「そこを思い出せ、自分のことだろうが、愚か者」

『ひどい……！』

目を潤ませ始める女の子。それなのに、我が道を行き続ける安倍は、鼻を鳴らして腕を組んだだけだ。

「女の子！　相手は、女の子！　言いかた！」

「僕は男女平等主義だ。相手によって態度を変えるのは好かん」

「それ男女平等って言いませんから！　アンタのは、傍若無人って言うんだよ!!」

片肘で脇腹を小突き注意を促しても、安倍は反省すらしない。むしろ、なにが悪いと言いたげに堂々としている始末の悪さに、つい俺の言葉も荒くなる。だが、向かいから、くすくすと笑い声が聞こえた。

見れば、泣いたと思っていた女の子がもう笑っている。

『ご、ごめんなさい、……なんか、おかしくて』

こうしてみれば、普通の女の子だ。

さっき、彼女の胸に開いた真っ黒な穴を見ていなければ、俺はきっと彼女を幽霊だとは認識できなかっただろう。

「いや、元気が出たならいいんだけど」

彼女ははにかんで頷いた。それから、俺の頬を見て、眉を八の字に下げる。

「ん？　どうした？」

『顔、血が出てる。ごめんなさい、わたし、どうかしてて……』

「え？　あ、いや、これくらい……たいしたことないから」

申し訳なさそうに、女の子は俺に頭を下げた。

慌てて気にするなとアピールしたが、横のオーナーがまた余計なことを言う。

「それにしては、出血が止まらないようだがな、狐」

「今の今まで放置しておいて、そういうこと言うなよ」

「顔の傷より命の危機の方が、より一大事だろう？　だから、僕は娘の話を聞くことを優先したんだ。まったく、君には僕の気遣いが、まるで通じていないようだな」

気遣いだったのかよ！　思わず叫び出しそうになった俺を、安倍はしっしっと手で払った。

「……なんっすか？　この、動物を追い払うような仕草は」

「娘が気にするから、手当てしてこい。ひとまず状態は落ち着いたようだし、君が手当てしている間にとり殺される、なんて事態にはなるまい」

平然と怖いことを言う安倍。これも、コイツなりの気遣いなのか。

俺が立ち上がると、奴はまるで安心したように、少しだけ目じりを下げた。

（……本当、損な性分だな、この人）

俺が、安倍を心底嫌な奴だと思えないのは、こういうところがあるからだ。わかりにくくてわかりやすい、冷たいようで優しい――。

「……手間のかかる狐だな、まったく」

「……素直じゃないアンタには言われたくねーよ」

「なに？」

「いってきまーす」

ぴくっと片眉を跳ね上げた男から逃げるように、俺はそそくさと店の奥へ向かう。

きっと戻ったら、待ってましたとばかりに嫌味を言われるんだろうけど……。

それを、ずいぶん面倒くさい照れ隠しと思うあたり、俺はだいぶ奴の性格に慣れてしまったようだ。


休憩室の鏡に顔を映せば、爪のあとがしっかり残っていて、血が滲んでいた。

「うわ～……」

けっこうひどい感じに見えるんだが、安倍の奴はこれをスルーして、あの子の話を聞こうとしていた。つまり、事態はかなり切迫したものだったと考えるべきだろう。

とり殺される、なんて言っていたくらいだから。

「稲成くん、大丈夫ですか」

「え、店長……!?　店にいなくていいんですか？」

「はい。オーナー命令で、閉店の札を下げましたから」

「でも、赤は？　泣いてたし……」

安倍とあの子、そして赤。三人だけを店に置いてきていいのだろうか。

「大丈夫ですよ、稲成くん。赤くんも、早く手当をしてやってくれと……状況を察しておとなしくしてくれていたようですが、ずいぶんと君のことを心配しているようですね」

「……そうなんですか」

赤は心配ないとしても、残りが問題な気がしてならない。食い気味の安倍と引いている女の子の構図が浮かんでしまい、顔をしかめてしまう。

すると、店長はそれすらお見通しとばかりに笑って見せた。

「保明さんは、あの少女の依頼を受けるでしょう。依頼人に無体を働くようなかたではないので、心配しないでください。——相手が、よっぽどのことをしなければ」

「は、はあ」

最後がどことなく不穏だったのだが、店長はさらりと流してしまう。

「さ、はやく傷の手当てをしてしまいましょう。結構ひどいですよ」

「……ですよね」

「しばらくは、目立ちそうですね」

大学に行ったら、斑目あたりが騒ぎ、女に振られたとかそういう方向に勘違いして、勝手に慰め会とか始めそうだ。

冗談ではない、奴の場合本当にありえそうで困る。

「……猫に引っかかれたってことにしておきます」

「おや、ずいぶん大きな猫ですね」

おかしそうに笑った店長は、棚から救急箱を持ってきた。消毒液とガーゼ、テープを取り出し、俺をイスに座るよう促す。

「無体を働かないとは言いましたが、正直、最初は少し焦りましたよ」

「え？」

「保明さん、かなり怒っていたでしょう」

「怒ってました？　すいません、俺には、よく……」

「君が避けると思っていたから静観していたのに、避けずにケガをしたから。保明さんの読みでは、君はあの娘さんを怖がって、思いきり避けるはずだったんですよ」

「安倍さんって、頭よすぎて先の展開を読みすぎるクセがあるんですかね？」

消毒液がしみて顔をしかめていた俺は、店長の言葉に何気なく問い返した。

すると、それまでよどみなく動いていた手が止まる。

「店長？」

「……そう、ですね。あの人にとっては、すべてがあらかじめ決まっていることなのでしょう」

「決まってる？」

「ええ。ですから、例外である君を、ひどく気に入っているんですよ」

「なんかよくわかりません……あれが、気に入ってる態度ですか？」

「もちろん。断言してもかまいません。君は、保明さんの大のお気に入りです」

店長は俺の問いかけに笑ってみせると、手当を再開させた。

以前もこんな話をされたが、どうにも釈然としない。俺の反応が面白かったのか、店長はまた笑った。それは、以前のように優しい顔だった。

「できれば、これからも仲よくしてやってくださいね」

手のかかる孫だけれど、そこがまた可愛くて仕方がないという顔。いつも目にしているこの顔を見ると、俺は自然と頷きたくなってしまう。

「向こうがそう思ってくれるなら……ですけど」

「それはよかった。保明さんは、君と親しくなりたくて必死ですから、喜びますよ」

アイツが、喜ぶか？　というか、本当にアイツが俺と友達になりたいなんて考えているかどうかも疑問だ。なにせ、言っているのは店長。たとえるなら、孫可愛さに目がくらんでいるお爺ちゃんだ。

半信半疑の俺の頬にガーゼを当て、ぺたりとテープで留めた店長は「おしまいです」と言って肩を叩くと、出した道具をテキパキと箱にしまっていく。

「よければ今度、名前で呼んであげてください。卒倒《そっとう》するくらい喜ぶと思いますから」

「卒倒はどっちかっていうと、拒絶に近い反応だと思います」

「おや、そうですか？　いやはや、人間というのは難しいですね」

俺が引きつって答えると、棚に薬箱をしまった店長は茶目っ気たっぷりに笑った。

店へ戻ると、一番奥のボックス席からは会話ひとつ聞こえず、お世辞にも和気藹々《わきあいあい》といった雰囲気とは言えないが、お通夜のような暗い雰囲気でもなかった。

赤が、女の子の隣に座っている。三人の前にはそれぞれが注文した紅茶と赤の分はリンゴジュース。そして、店長からのサービスだろうクッキーが添えられていた。

女の子は、それを食べて頬を緩ませて、赤と顔を見合わせて笑いあっている。

――ここから見ていると、本当に普通の女の子だ。とても幽霊とは……。

（あれ？　そもそも幽霊って、足がなくて体が透けてるんじゃなかったっけ？）

そして、実体がないから物には触れられないというのが、幽霊のセオリーだったはず。

けれど、俺の視線の先にいる彼女は、普通にクッキーを食べていたし、今は紅茶のカップに手を添えている。

そもそも、俺の顔をひっかいた時だって、手を握った時だって、しっかりと感触があった。

――堕ちかけ。

ふと、安倍の言葉がよみがえる。

大事なものをなくした彼女は、とても危険な存在になりかけていたと奴は言っていたが、俺のような一般人が思う幽霊の定義とはかけ離れた存在になりかけていたと言い換えれば、しっくりときた。

その時、俺の思考を読んだように安倍の視線がこちらを向く。

奴はカップを優雅に置くと、正解だというように唇の端を持ち上げた。そして、来い来いと手招きされる。

さっきは動物を追い払うような仕草で、今度は動物を呼ぶような仕草だ。

「……俺、アンタのペットじゃないんですけど」

「僕も、君のような頭の悪いペットはいらない」

近づいて不快と訴えれば、奴はニヤリと笑って皮肉を返してきた。ああ、そうかよ、と元の席に腰をおろす。

「ふむ、男前になったじゃないか」

安倍は俺の頬に貼られたガーゼを見て、目を細めた。本心か冗談か、あるいはとっておきの皮肉か、いまいち判断がつかない顔だ。

「兄ちゃん、おかえり！　……痛いか？」

対して赤は、とてもわかりやすい。にっこり笑って出迎えてくれるが、俺の頬を見た途端すぐ心配そうな顔になる。

「いいや、大丈夫。痛くない」

笑って言ったのだが、女の子は恐縮したように身を硬くすると、テーブルにぶつけそうな勢いで頭を下げた。

『あ、あのっ、ごめんなさい！　本当に、本当に……ごめんなさい！』

「いや、気にしなくていいから。君が、自分じゃどうしようもない事情があるのはわかったし、本当に気にしないで。な？」

『……先生……』

ぽーっとした顔になった女の子が、またあの言葉を呟いた。

安倍が舌打ちして、彼女のおでこを軽くはじく。

デコピンされた彼女は、痛がったり怒ったりはしなかったが、夢から叩き起こされた人のようにハッとして、わたわたと辺りを見回した。

『わ、わたし今……』

「だめじゃぞ、姉ちゃん！　兄ちゃんは、姉ちゃんの先生と、ちがうんじゃからな！」

隣に座る赤に、噛みつくように言われて女の子は泣き笑いのような顔で頷いた。

『う、うん、そうだよね。大丈夫、ちゃんと、わかるから』

「おう」

頷く赤、そして女の子。ふたりは、物言いたげな眼差しで安倍を見やる。

「安心しろ、まだ正気だ」

『……よ、よかった……』

返事を聞いて、ほっと息を吐く女の子。赤も、肩の力を抜いている。

安倍はイスに座り直すと、俺を睨んだ。

「狐。これまでも、うすうす感じていたことだが、君は女子どもに優しい……というか、甘いだろう？　たとえそれが、君が避けたくて仕方がない、人外のものであってもだ」

「別に、俺は……」

「だが、こういう手合いには迂闊《うかつ》に優しくするな。怨霊化していたら、君は今のでとり殺されていたぞ」

学習しろと安倍は言う。赤は、うんうんと何度も頷いていた。

その上女の子まで、困った顔で俺に頭を下げる。

『ごめんなさい。わたしには、あんまり優しくしないでください』

「は、はあ……？」

なんで？　と安倍に視線で問いかけると、しかめっ面が口を開く。

「始末が悪いことに、この娘はお前に先生とやらを重ねている」

「俺、そんなに似てるのか？」

「僕に聞くな」

「だってアンタ、いつも言うじゃないか。自分に知らないことはないって」

「……狐」

安倍は、存外真剣な目で俺を見ていた。

なんだと首をひねると、奴は大仰にため息をつく。それから、目を伏せ、言葉を選ぶようにゆっくりと口を開いた。

「知ってしまえば、後戻りができないとしたら……君はどちらを選ぶ？」

「……は？」

「流されるがままに与えられる絶望か、自らの手で取り戻した絶望か」

なんだ、そのどちらを選んでもバッドエンドみたいな選択肢は。

「なんのゲームの話ですか、それ？　つか、クソゲーすぎやしませんか？」

「…………」

ところが安倍は、クスリとも笑わない。さすがに俺も不穏なものを感じてしまう。

俺からは、まともな答えを引き出せないと思ったか、安倍は反対側に座る女の子に同じことを問いかけた。

「……そうだな、娘。僕は、お前にも聞いておきたい。お前は、どちらを望む？」

『わ、わたし……？』

揺れる、彼女の潤んだ双眸《そうぼう》。

「姉ちゃん、がんばれ……！」

赤に背中を押されたのか、女の子はこくりとひとつ頷く。

そして不安を隠すように、胸の前で——真っ黒な穴が開いているだろう胸の前で、きゅっと手を組んだ。

『……わたしは——それでも……』

彼女は、俺とは違うと安倍は言った。ごまかして逃げる俺とは、違うと。

その意味が、俺にもようやく理解できた。

最悪な二択を突きつけられ、選びきれず答えに窮《きゅう》した俺と違い、彼女ははっきりと安倍に返したのだから。

『失くしたものを取り戻したいです。たぶんそれが、わたしの〝命〟だから』

「……そうか。わかった。その依頼、引き受けよう、お客人」

『本当ですか⁉』

「よかったの、姉ちゃん」

頷いた安倍は、笑っていた。皮肉めいたものではない。作り笑いでもない。口調だって、ずっとやわらかくなっている。

態度が軟化したのは、いいことのはずなのに、なぜか俺は嫌な予感を覚えた。同情のようなものが、その笑顔に混じっていたせいなのか、奴の笑顔がいつになく曇って見えた。

「………」

焦燥感にかられ、口を開こうとして俺は結局そのままなにも言わずに口を閉じる。

正直、なにを言えばいいのかわからなかった。

なんとなく嫌な予感がするなんて理由で、話の邪魔をしてはいけないと、もっともらしい言い訳を思いつき口を閉ざしたのだ。

違和感なら、あった。

だって、赤が不自然なくらいおとなしくなったんだ。安倍の不穏な問いかけと、女の子の答えを聞いたあと、元気なあの子らしからぬほど静かに。

そこかしこに、要因はあったんだ。

――失ったものを探しあて取り戻した時、誰もが必ずしも救われるわけではない。

俺は、そんなことも知らないでいた。

いや、違う。

常の安倍が言うように、俺は知らないふりが得意だったのだ。

「さて……子鬼、お前はそろそろ帰るといい」

「………」

「お客人のことは、こちらに任せろ」

赤は、長イスからぴょんと飛び降りると、頷いた。

「姉ちゃん、だいじょうぶじゃ。この兄ちゃんたちとじゃったら、きっと悪いようにはならん。……だいじなものが見つかって、はよういけるといいな」

神妙な顔で赤は、女の子に言った。

『うん。ありがとう』

笑顔で礼を言う彼女の雰囲気は、優しい。

赤はそれを見て唇を噛んだ。だが、振り切るように頭を上げニカッと笑う。

「いいんじゃ！　姉ちゃん、ほんとは悪い奴じゃないってわかったから、いいんじゃ！　そいじゃあな、姉ちゃん！　兄ちゃんたち、今回もよろしゅうな！　じいちゃん、ごちそうさまじゃ！」

慌ただしく鈴の音を響かせ、赤は店の外へ飛び出していった。

最中、目元を腕でぬぐっていたように見えたのは、気のせいだろうか。

「追うなよ、狐」

「……え？」

「あれは、小さいが妖だ。君よりもずっと、こちら側の道理をわかっている。だから、追ってやるな」

意味がわからない。

顔にそのまま感情が出ていたのか、安倍が声をひそめた。

こそっと耳打ちされた一言は、理解が追いつかないほど重かった。

「幽霊が心残りを昇華《しょうか》すればどうなるか、君よりも子鬼の方がわかっているんだ」

俺の間抜け面を見ていたくなかったのか、安倍は赤が出て行った店の扉に一礼している女の子を一瞥する。

そして、彼女がこちらを振り向く頃には何事もなかったかのように立ちあがった。

「では、行こうか」

「行くって、どこへ？」

流れに取り残された俺が問い返すと安倍は特に表情を変えずに続けた。

「狐には悪いが、もう一度君の大学へ、だ」

「あ、そうか。この子の制服、うちの付属校だもんな」

合点がいったと、俺も立ちあがる。

女の子は、手がかりが掴めたからか、パッと顔を輝かせた。

『そうなんですか!?　わあ、なんだか楽しみ！』

彼女の姿を最初に見たのは、大学と高等部の共用敷地内。銀杏の木の下で、熱心にグラウンドを見つめていた——だから、彼女はもともとあの場所にいたはずなのに、まるで今、初めて行くかように、はしゃいでいる。

なぜだろうと疑問に思った俺に、安倍が小さな声で言った。

「あの時は、堕ちかけていた——正気ではなかったんだ」

「え」

「気をつけろ。もとの場所へ行くということは、手がかりを得られる可能性もあるが、この娘が再度、暴走する可能性も高いということだからな」

いったい、なにをどうやって気をつければいいんだ。

そんな訴えがそのまま顔に出たらしく、安倍は面食らったような顔をしたあと、ため息をついた。

「なんでもかんでも、いい顔をするなと言っているんだよ。この誑《たぶら》かし狐」

「人聞き悪いな、アンタ……！」

言いかたを考えろと噛みつけば、言いかたを考えた結果こうなったのだと返ってくる。

嫌な奴めと腹を立てれば、女の子がおかしそうに笑っていた。

『仲がいいんですね』

「あ、それは違うから。仲よくない。絶対によくない」

「僕とこの愚鈍《ぐどん》狐を、同列に扱うなんて、いい度胸だな」

『ほら、息ピッタリ』

指摘に、俺と安倍は顔を見合わせ、互いに不本意だと顔をしかめた。それがまたおかしかったのか、彼女はコロコロとした笑い声を響かせた。

「……さっきまでメソメソしていたくせに、なんなんだ」

「安倍さん、女子ってのは、そういうものなんですよ」

「君にしたり顔で語られると、腹が立つのはなぜだろうな？」

せっかくアドバイスしたのに、心底嫌そうに斬って捨てられた俺は、今度こそむっつりと押し黙った。

——楽しそうに、おかしそうに笑う女の子。

これがきっと、彼女の本来の表情なのだろう。

その姿は、どこにでもいる普通の女子高生だ。

「……それでは、行くか」

安倍が仕切り直すように俺たちに声をかけると、引き戸に手をかける。

「では店主、行ってくる」

「はい、お気をつけて」

店長と鈴の音に見送られ、俺たちは再度、大学へ向かったのだった。

構内は、人がだいぶはけていた。並木道から見えるグラウンドにも、人がいない。

「あ、ここだ。俺、ここで君を初めて見たんだ」

『そうなんですか？』

「ああ。木の間に立ってたんだけど、急にしゃがみ込んだから気分が悪いのかなって思って声をかけようとしたんだよ」

そこへ、安倍が現れたのだ。

『変なの。全然覚えてない……』

女の子はふらふらと木々の間に近づくと、最初に見た時と同じ場所におさまった。そして、じっとグラウンドを見つめる。彼女は口を閉ざしたまま視線を上げ、ぐるりと周囲を見回す。そして、ある一点で目が止まった。

視線の先にあるのは、講義で使われる無数の教室棟。目新しいものなんてなにもないのに、彼女はそこになにかを見いだしたのか、動かない。

『………』

そして目を閉じた彼女は、一筋涙を流して呟いた。

あの言葉を。

『――先生』

声を聞いた瞬間、ぞくりと総毛立つ。

無意識に一歩後退する俺と入れ替わるように、安倍が前に出た。

『……先生、先生、先生、先生、先生……』

繰り返される、呪いじみた言葉。

ゆっくりとこちらを振り返った彼女を見て、俺は悟った。

楽しそうに笑っていた、ごくごく普通の女の子は、もういないと。笑顔が消え、陰うつな雰囲気をまとい、生気のない目でじっとりと俺たちを見ている。

『せ　ん　せ　い』

「……狐」

引っかかれた頬の傷が、思い出したようにじくりと痛む。

女の子を睨んでいた安倍は、視線をそのままに俺を呼んだ。

「はい」

「──逃げるぞ」

「え？」

返事をした俺の肩を叩くと、奴はそのまま走りだす。門の外ではなく、構内の方へと。

「ちょ……いいんですか、彼女！」

「ああ」

「だって、あのままにしたら……！」

気になって後ろを振り向いたが、あの子の姿はなかった。

逃げろと言うから全力疾走しているのに、彼女が追ってくる様子はない。まだ、あの並木道から動いていないのだろうか。

気にする俺に、息ひとつ乱していない安倍の冷静な声が届いた。

「あれでは、もうダメだ。——救えない」

「ダメ……？」

救えないなんて、それじゃあ彼女はもう——？

「速度を落とすな！　君は、真っ先にとり殺されると言っただろう！」

理解できなくて、間抜けな声を上げた俺に、安倍から厳しい声が飛ぶ。奴に合わせるように必死に足を動かして走り続けた。

聞きたいことがあった。今すぐにでも問い詰めたいことがあったが、安倍の目がそれを許していない。

結局、敷地内を全力疾走した俺たちは、古くてあまり人がいない、旧教室棟に駆け込んだ。

「あ、安倍さんっ……、いったい、なにが、どうなって……」

ぜえぜえと乱れた呼吸を整える俺と違い、安倍はまったく普段どおりだった。呼吸の乱れも、疲れも気取らせない。

その代わり、表情は厳しく、なにかを睨むようにガラス扉の外を見ている。——以前にも見た、指を不思議な形で交差させた格好で。

「チッ！　……上に行くぞ、狐」

「……う、上？」

この旧教室棟は、新設された棟と違ってエレベーターが設置されていない。人数が少ない講義なんかでたまに使われるくらいだから、移動手段は階段で十分なのだが、全力疾走した今は正直結構キツイ。

けれど、安倍の表情が反論も泣き言も許さない。さっさと来いとばかりに、襟首を掴まれたかと思うと、ずるずる引っ張られ、強制的に歩かされることになった。

「ちょ、くるし——！　自分で歩く！　歩きますから……！」

「さっさとしろ。今、来られたら面倒だ」

「なにが来るんですか？」

俺の問いに、安倍は鼻を鳴らした。

「〝誰が来る〟とは、聞かないんだな」

「……悪いですか？」

普通に笑うあの子を、知ってしまった。

俺には、振り返ったあれが、同じ存在だとは思えない。本当はこの考えが間違っているとわかっているのに、同じだと思いたくない。

バカげた考えだと、安倍は笑ったりしなかった。

「いや。……いい判断だ。あの娘も、同じに扱ってくれるなと思っているだろうさ」

甘いと両断されるかと思いきや、同意を得る。そのまま、俺たちは上を目指した。

かつん、かつん、ふたり分の階段をのぼる足音が、人気《ひとけ》のない廊下に響く。

「……すまない、狐。僕は、ひとつだけ判断を誤った」

「アンタが？」

「ああ。僕は、君と一緒にいたあの娘を見て、まだ大丈夫だと判断したが――それは、大きな間違いだった」

――かつん、かつん、かつん。

俺たちは二階の廊下を歩く。一本の長い廊下を真っ直ぐ進めば、突き当たりにまたガラス扉。押し開けば、外の風が吹き込む。

そこは、手すりで周囲を囲んだだけの屋上だった。

コンクリートの上には、申し訳程度にプランターが数個置かれていたが、中身は空だ。花でもあれば別だったのかもしれないが、物寂しい雰囲気だ。

「安倍さん、なんでここなんですか？　この教室棟あんまり使われてないんですけど」

「僕が視たのは、ここだった」

「みた？」

「ああ。彼女を介して、視た。結果、僕は、判断を間違った。ここで、あの娘が落ちる姿を視たから、ここに連れてこなければ、まだ大丈夫だと思っていたんだ」

心底悔いているように安倍は呟く。

「僕は間違えた。あの娘は、落ちたのではない。落とされた」

「安倍さん？」

「あの娘は、何者かにここから突き落とされた。だから、さまよう魂魄《こんぱく》になった。そして――さまよう中で、大切なものを奪われた」

安倍が、屋上を真四角に囲む柵のうち、前方を見た。

柵の向こう側に、付属校の制服を着た女子高生が立っている。ひどく、恨めしげな顔で俺たちを睨みながら。

『……先生』

唇が動いて、じっとりとした暗い声が俺たちに届いた。まるで、手落ちを責めるように。

「そうだな。お前は、最初からそう訴えていた」

安倍も、同じことを考えたのだろう。悔やむように、一度きつく目を閉じて拳《こぶし》を握る。

『先生、先生、先生』

今さらだというように、呪いのような言葉の羅列は止まらない。

「僕が間違えた。僕が悪い。……だが頼む、教えてくれ、お前は誰に命を奪われた?」

『先生先生先生先生先生先生先生先生先生』

先生。

何度も何度も吐き出され、繰り返される言葉。

それが誰なのか、俺は知らない。ただ、これだけ執着する相手だ。なにかしら関係があるのだと思っていた。それこそ、恋人だとか。

でも、この様子は違う。もっと違う、なにかがあったのだ。

「先生が、お前をこうしたのか」

明確な返答はない。すでに、会話が成立しない。けれど同じ言葉の羅列こそが、なによりの答えだった。

「先生が、お前の大切なものまで奪ったのか」

『―――』

彼女はピタリと黙った。わずかに口を開き、なにかを伝えようとしたのかもしれないが、結局言葉にはならず、目を見開き俺たちを凝視している。

「答えないのか、答えられないのか。くそ、どちらだ……!?」

初めて安倍の顔に苛立ちと焦りが浮かんだ。

なにがどうなっているのだろう。眼鏡をかけたままの俺には、正確なことがなにひとつ把握できない。

(……いや、待てよ)

自分の手が、無意識に眼鏡にかかっていた。

これを外せば――きっと普通は見えないものが見えるはずだ。だが、それが、今役に立つことなのかどうかは、わからない。

安倍がなにかしようとしているなら、俺は邪魔しないでその辺に立っていりゃいいいだろう。けれど、安倍が行き詰まっているのなら――。

(だったら、俺が見ればいいだけの話だろ……!)

成り行きとはいえ、助手になったんだから。

意を決し、俺は伊達眼鏡を外した。

隔てていたガラス一枚が取り除かれ、改めて自分の目で見た女の子は、短い間で変貌していた。

「おい、嘘だろ……」

俺の目に映ったのは、胸に黒い穴が開いた少女だったが――そこに、ありえないものが増えていた。

「なんで、蛇が……」

彼女の胸に、ぽっかりと開いていた黒い穴。

そこから、黒いもやが溢れていた。それは蛇の形を作り、穴の中からずるずると這い出して、彼女の体に絡みついていく。

（同じだ！）

のっぺらぼうの時と、同じだ。彼をおかしくしたものと、そっくり同じものが、あの子の体の中にある。

「安倍さん、また蛇だ……！」

口に出すと、ぞわりと全身に鳥肌が立った。だって、つまりこの子も、誰かの手によって無理やり自分の意思をねじ曲げられたのだから。

「蛇、だと……？」

「――っ！」

安倍が驚いたような声を上げると同時に、ずるりとそれが外に出てくる動きを見せる。ただそれだけで、見ている俺は凄まじい吐き気に襲われた。

必死に堪えつつ、俺は何度も頷く。

「同じ、のっぺらぼうと、同じ蛇……だ！」

「……そうか、そういうことか！」

安倍の表情が、動いた。その表情変化は――怒りだ。

「狐、目を閉じて耳を塞いでいろ！」

「っ、ぐ」

なぜだと、聞く余裕はなかった。けれど、札を取り出した安倍を見て、なにをしようとしているかはわかった。

「あの子……」

「堕ちたら……もう、戻れない」

その言葉どおり、彼女に笑顔の面影は見当たらない。

陰うつな表情で、血走った目だけがぎょろぎょろと動き、唇は同じ動きをひたすら繰り返す。

『先生』

そのたびに蛇が動く。穴の中から、ずるずると這い出してくる。

手すりの向こう側にいた彼女だが、髪の毛がどんどん伸びて、屋上を這い回り始めた。

『先生』

それはまるで、蛇のような動きで――髪が触れた途端、柵の一部が腐食した。

「黙れ」

『先生先生ねぇ先生』

「黙るんだ」

『あのね先生、結婚してくれるんでしょう？』

黒い蛇が、彼女の体を締めつけ、その手を噛みちぎって吐き捨てた。

熟した果物を潰したような、ぐちゃっという湿った音がして、ちぎり捨てられた手は腐った肉の塊になる。そこへ、髪の毛の束が——蛇のようなそれが群がって、ぐちゃぐちゃと音を立ててむさぼり始めた。

手を食いちぎられた彼女は、痛みなんて感じていないかのように、先生という言葉をひたすらに繰り返す。

傷口からは血が溢れる代わりに、黒い蛇が、ぶちゅりと顔を出した。

「ぐっ、うぇ……」

それが、俺の限界だった。

堪えきれずに、胃からせり上がってきたものを吐き出す。

——見たくないものが、そこにあった。

見ないふりをしていた一番の理由が、今目の前にあった。

『だから先生、嘘よね？　結婚するなんて嘘よね？　だってわたしと結婚してくれるって言ったものね？　バレンタインだって、贈り物、受け取ってくれたもの。時計、身につけてくれたもの、ね？』

「この男は、お前の先生ではない」

『先生、先生、先生、先生、先生、知らないなんて言わないで、いらないなんて言わないで、だってね、先生、わたしね、先生──赤ちゃんができたのよ』

「……え」

驚いた声を上げたのは、俺だった。

安倍は声こそ上げなかったが、わずかに目を見開いている。

彼女の命。なくしたもの。

もしかしたら、それは……という疑念が、安倍の次の言葉で、はっきりとした確信に変わる。

「……そうか、娘。それがお前の、探しものか」

「子ども？　だ、だったら、はやく探してやらないと」

救われるかもしれない。俺は、淡い希望を抱いた。けれど──。

「いるだろう、狐」

安倍が手にしていた札が、くしゃりと音を立てた。それだけ、握る手に力がこもっているのだ。

彼女のそばにいるのは、俺たちをのぞけば、穴の中から這い出す蛇だけしか……。

「まさか……」

続きは、とても言葉にはできなかった。だって、蛇だ。彼女の中から這い出してくる、見ているだけで鳥肌が立ち吐き気がこみ上げくるほどおぞましい、黒い蛇だ。

「奪われたんだ。そして、歪んだ形で返された。だから、無害な霊がおかしくなった」

安倍の口から、俺の予想を否定する言葉は出てこなかった。ただ、淡々と予想を肯定し補足するような情報を与えてくる。

「嘘だろ」

「嘘ではない。のっぺらぼうの時と同じ方法だ。無害な魂を一気に怨霊化させるための最短手段。一時的に核となる大切なものを奪い、欠落……つまり虚という穴を作った。そして、あの娘の命にも等しい、大切なものを変質させ、虚の中へ押し込んだ。核が戻れば虚は塞がるはずだったが、形を変えられてしまっては欠落は埋められない。パズルのピースと同じだ。少しでも違えばダメなんだ、完成しない」

だから、彼女の胸の黒い穴は塞がらなかった。

それどころか、あわないものを押し込まれ、おかしくなってしまったのだ。

「なんでだよ、誰がなんのために……！」

「いるって」

先生か？　彼女がずっと呼んで、会いたがっていた、先生って奴がそんなことしたのか？

「……ふざけんな……！」

「狐……？」

「ふざけんな、くそったれ！　そんな最低男、さっさと忘れろよ！」

ピタリと、彼女の動きが止まった。

「よせ狐、刺激するな……！」

「うるせえ！　俺は、そんなクソ野郎の代わりにされたんだろ⁉　じゃあ、文句くらい言わせろ！　あのな、君！　教え子に手を出す教師なんて、クソだぞ！　しかも、時計とか貢がせてるし、どう考えてもその先生、取り繕いようがないくらいの、クズ野郎だ！」

彼女は何度も繰り返していた。最初に聞いたのは、ひどく悲しげな声。

先生、先生と繰り返し繰り返し、泣きだしそうな声で何度も呼んでいたのだ――絶対に、答えてくれない相手のことを。

「いいか？　よく聞けよ？　君に、そんなクソ野郎は君にふさわしくない！」

『……せん、せい……わたし……』

「君はいい子だ。知り合ったばっかりだけど、性格のよさは十分伝わった。あとは、あれだ、笑った顔が可愛い！　だから、だからさ……そんな男なんざ、こっちから捨てちまえよ！」

『……先生、わたし、わたしね……』

伸びてきた髪の毛の束。毛先の小さな蛇が、俺の傷口部分であるガーゼをちろりと舐めた。

『疲れちゃった、助けて……』

ぽろりとこぼれたのは、涙。

「……うん」

「ああ。助けてやる」

俺が頷けば、安倍もまた頷いた。

『ふふ……』

すると彼女は、店で見せた笑顔とはまったく違う、疲れ果てた老人のような乾いた笑みを浮かべた。

『……わたし、ね……好きだったのよ、本当に』

「うん」

俺には伝わった。

でも、この子が大好きだった先生には、伝わらなかったのだろう。

そして、彼女の中で、俺と先生はもう重ならない。

『いらないって言われて……ずっとずっと悲しくて、そしたらね、とられたの。蛇に』

「蛇？」

『めちゃくちゃにされた、わたしの大切なものを、取り返して。お願い』

「ああ。お前の失せもの、見つけたぞ」

安倍は、彼女の毛先が蛇と化し床に広がるほど伸びた髪を、ためらいなく掴むと一気に引き寄せた。

されるがままに、彼女はすんなりと引っ張られ——ぺたりと、札が胸元に貼りつけられた。

「っ……！」

途端、蛇が苦しむように、ずぞぞっと動き出す。彼女の中へ、無理やり戻ろうとするかのような動きだ。貼りつけられた白い札が、じゅわじゅわと湯気を立てて黒くなっていく。

安倍はもう一枚札を貼りつける。

「これは、なるほど……蛇だな」

「……見えてる、のか？」

「ようやく、うすボンヤリだがね。……安心しろ、ようやく見つけた探しものだ、無粋なものなど引き剥がし、依頼人に返してやる」

言って安倍は、つけた札を引き剥がす。じゅわっと熱したフライパンに油を落としたような音が響き、蛇が一気に蒸発した――。

辺りに水蒸気が立ちこめて俺は思わず目を閉じる。

『あ　り　が　と　う』

溶けて消えてしまいそうな囁き声が、耳に届く。

それにハッとして目を開いたときには――蛇はおろか、彼女もいなくなっていた。

初めから、ここには俺たち以外は、誰もいなかったように。

「安倍さん、あの子……」

「逝《い》ったぞ」

「……そうですか」

「怒らないのか」

「なにを?」

「僕の不手際を。……なぜ、救わなかったと」

おかしなことを言いだす。いや、もともと変な奴だけど、また一段と変だ。

どうしてコイツは、すべて自分の責任、みたいな顔をしているのだろう。

「アンタは、たしかになんでも知ってて、すげーんだろうけどさ……。今のは違うだろう」

「違わない。僕のせいだろう。僕の見立てが……」

「俺だって、こんな風になるなんて思ってなかった！」

思わず声を荒らげてしまうと、安倍は面食らったように黙った。

それから、ぎこちなく首を横にふると「君は違う」なんて言いだす。

「なにが違うんですか」

「だって君は、知らなかったんだろう？　僕は、知っていて……間違えたんだ」

もっとよい方法があったのにと、安倍は悔いる。自分だけですべて背負い込んで。

「違う。アンタは、知った気になってただけだろ」

「──え？」

「きっと、すげー頭いいんだろうなっていつも思ってた。だから、アンタは人の言動をよく見てて、先読みとかしちゃうんだろうなって」

だから、コイツは自分に知らないことはないなんて豪語できるに違いない。

けれど、物事は変化する。外的要因が加われば、小さな変化はいくらでも起こるのだ。

──この目で見えるものを嫌っていた俺が、普通ではないコイツに関わる気になったように。

「それを、自分の……自分だけの責任だって思うのは、間違いだ。責任感が強すぎるし、傲慢だぞ」

「間違い……」

「だって、思い出してみろよ。あの子、俺たちに言っただろ。答えられなかった俺とは違って、はっきりと」

ふたつの絶望を提示した安倍に、あの子は言った。視線をそらさず、はっきりと、取り戻したいと答えたのだ。

「だから、あの子、きっと……わかってたんだよ……」

「だが、僕は少なくとも彼女を堕とす気などなかった……」

「間違えたっていうなら、俺もだ。アンタが自分を責めるなら、俺だってそうだ」

感じた違和感に、もっと突っ込めばよかった。

大学に来ないという選択肢を考えればよかった。

──見ないふりなんて、やめればよかった。

「なにもできなかった俺が、一番ダメだろ」

「狐、なんだそれは……慰めのつもりか」

「違う、そうじゃない。俺だって、アンタにスカウトされた探し屋なんだぞ……だから、これはふたりの責任だろって話をしてんだ」

悪かったと頭を下げると、安倍が息をのむ気配がした。

そして、わずかに震える声が――。

「……僕も、悪かった」

ようやく、ひとりで責任を背負い込むことをやめた男の声が、たしかに届いた。

◆◆◆

事件の翌日、案の定顔の傷で斑目が騒いだが、俺が落ち込んでいることに気づくと、奴は珍しくそっとしておいてくれた。ただ単に、冬野さんにアプローチするのに忙しかっただけかもしれないが、気分的には助かったので感謝している。

それから数日経った今日、俺は旧教室棟を見上げていた。

あそこで起こった一件は、まったく噂にならなかった。人があまり通らない場所とはいえ、結構大声で騒いだのに、不思議だ。

「あれ、稲成くん？　なにしてるの？」

「冬野さんと……なんだ、斑目か」

「オッス、稲成！　どうした、可愛い女の子でもいたか!?」

「……お前と一緒にすんな」

呼ばれて振り返れば、移動の最中だろう冬野さんと、それにくっついている斑目が、不思議そうに俺を見ていた。

「上に、なにかあるの？」

「……いや、なにも」

日差しを遮るように手をかざし、俺が見ていた方を見ようとする彼女に首を振る。

するとと冬野さんはますます不思議そうな顔になった。

斑目は、動かない俺の肩を無意味にバシバシ叩きながらバカでかい声を発する。

「なんだ？　もしかして、幽霊でも見たか！」

「なっ……！」

「あ、昼間っから、それはないか！　けどな、ここって出るらしいぞ～。旧教室棟から落ちた人だっていたらしいからな～」

「やだ、その人、大丈夫だったの？」

冬野さんの顔が曇る。俺の顔は強張っているが、斑目は気づかないで続けた。

「まっ、屋上っていっても二階建てだし、そのくらいの高さから落ちたくらいじゃ、人は死なないっていうから！　……でも、そのあとで、不思議なことが起こるようになったって話だ。だから、落ちたのも幽霊の仕業じゃないかとか、いろいろ噂されるようになったんだと」

「不思議なこと？」

「おっ？　珍しく食いつくな、稲成。お前、この手の話って嫌いじゃなかったか？」

斑目が、物珍しげに俺を見た。

たしかに、これまでの俺からしたら、考えられない反応だろう。

けれど、気になる単語が出たため、取り繕うことも忘れ斑目に続きを促した。

「不思議なことって、なんだよ？」

「えっと、そうだな、プランターが扉を塞ぐように移動してあったり、晴れてるのに雨漏りしたり。イスが外に出れないよう積まれてたこともあったらしいぞ。あとは、そうそう……高等部の教師が、同じところから落ちて大ケガしたって話だ。部活の指導にも熱心な先生だってんで、保護者からも人気あったらしいけど、蓋を開けてみりゃとんでもねー奴でさ！　ひでー女癖で保護者や生徒と関係持ってんの。落ちたときも、結婚してるのに女子生徒と密会してたらしくて、その一件で芋づる式にいろいろバレて、クビになったらしいぜ」

自業自得だよなと憤慨して見せた斑目は、俺と冬野さんを見比べて慌てた。

「あ、悪い、怖かった!?　だ、大丈夫だよ、みゆきちゃん！　最初に落ちた人だって、生きてて、入院中って話だから！」

「――それ、本当か!?」

「え？　なんで、稲成が食いつくんだよ！　お前、ほんと今日どうしたんだ……!?」

「いいから！　その話、本当なのか!?」

「お、おう……先輩から聞いた話だけど、最初に落ちたのは女子生徒だったらしいんだけど、意識不明でずっと入院中だって……」

あの子は、霊として俺たちの前に現れた。

でも、斑目の言う入院中の女子生徒が、彼女だったら。

俺は自分の中にある、にわか知識をかき集め、ひとつの答えを見つけた。

幽体離脱《ゆうたいりだつ》だ。

生きている人が、自分の体から魂だけ抜け出てしまう現象で、生き霊ともいうはず。

つまり、あの子はまだ生きているんだ。

「ありがとな、じゃあ！」

「は？　ど、どういたしましてって、おい稲成!?」

居ても立ってもいられず、俺は挨拶もそこそこに走りだした。

「どこに行くの稲成君!?」

「昼飯はどうすんだ～？　一緒に食堂行こうぜ～？」

「悪い！　大事な用ができた！」

ふたりに手を挙げて、あとは振り返らずに全力疾走する。

一刻も早く、安倍に教えてやりたかった。


「店長！　あの人いますか!?」

引き戸を横に流せば、いつものように鈴が鳴る。

安倍はいつもの席で新聞を読んでいて、店長は驚いたようにこっちを見た。

「おやおや、ずいぶん慌ててどうしました稲成くん」

「す、すみません」

「いいえ。今はお客さんがいないからいいとしても、あんまり騒がしくしないように気をつけましょうね？」

「は、はい……」

「それで、どうしたんです？」

「あの、それが……安倍さんに」

俺がしどろもどろに言うと、騒々しさとは無縁でいたいという態度を貫き、無関心でいた安倍が、新聞から視線を上げた。

「僕？　なんだ、僕に用事があると？」

「そ、そうです」

「君の方から用があるだなんて、珍しい。なにを焦っているんだか知らないが、聞こうじゃないか。座りたまえ。店主、この慌て狐に麦茶でも出してくれ」

「はいはい」

遠慮しようとする俺だったが、店長に視線で押しとどめられる。

「それで、なんの用だ」

「あの、この間のことで……ほら、付属校の女子生徒」

「……ああ」

安倍の顔がわずかに陰《かげ》る。落ち込ませるつもりはなかった俺は、慌てた。

「いや、違うんです！　蒸し返すつもりじゃなくて、教えたいことが……！」

「なんだ」

「友達が、言ってたんですけど……あの旧教室棟から最初に落ちた人は、今も入院してるって。それ以降、あそこに近づかせないような怪談系の噂が広がりだしたみたいだから、最初に落ちた人っていうのが、あの子だと思うんです。意識はまだ戻ってないらしいんですけど……でも、あの子、生きてたんですよ……！」

「………………」

安倍は俺の話を黙って聞いていた。

「それで、思ったんです……もしかしたら、意識が戻る可能性があるんじゃないかって。だって、霊体だった彼女が消えたなら、魂は体に戻ったってことになりますよね。

そしたら、目を覚ますってのが普通ですよね？　マンガとかの、知識ですけど……」

　安倍のような専門家からしてみれば、俺の意見は稚拙《ちせつ》にしか聞こえないだろうし、とっくに予想できていたかもしれない。途中で、その事実に気づき、恥ずかしくなって最後はごにょごにょと尻すぼみになってしまった。

「――ああ、そうだな」

　それでも、話を遮ることなく最後まで聞いてくれた安倍は、大きく頷いて笑った。

　肯定を得られて、俺の気持ちも明るくなる。

　今はまだでも、彼女はきっと――そんな希望が見えてきたのだから。

「それを、わざわざ僕に教えに来たのか」

「いや、だって……。アンタ、すごく落ち込んでたし……」

「……狐」

「なんですか？」

　また皮肉でも飛んでくるかと身構えたが安倍は笑ったまま穏やかな口調で言った。

「ありがとう」

「……お、おう」

　俺は思わず面食らって、素で頷いてしまう。

「さて、君の次のシフトはいつだったかな？　これからまた、こき使ってやるから、楽しみにしていたまえ」

明るい声で、とんでもないことを言いだす安倍。出された麦茶に口を付けるところだった俺は、盛大にむせた。

笑顔を一転させた安倍に、汚いとメタメタにけなされたのだった。


講義が残っているからと、嵐のように去って行ったバイト。

彼が出て行ったことを確認し、安倍保明はたたんでいた新聞紙を再度広げた。

さりげなく視界から外していたが、結局鋭いようでいてどこか抜けている彼のアルバイトには、気づかれなかった。

「……昨今の大学生は、新聞を読まないと聞いたが本当らしいな」

安倍の独り言を聞いているはずの店主は、なにも言わない。返事など求めていないと知っているからだ。

「……気づかなくて、よかったな」

安倍は小さな記事に目を留めた。

見る人が見れば、「おや？」と思う内容の記事だ。あのアルバイトが目を通せば、すぐに察してしまうだろう。

そうすれば、希望の欠片を見つけたと輝いていた目がたちまち死んでしまうと、箇単に予想がつく。

それが嫌だと思ったのは――あのアルバイトが、安倍の予想を次々と覆す変わり種だからだ。

今回の一件だって、結局最後に残るのは、絶望だけだったはず。

それなのに、彼はまたも逃げずに安倍を励ましてみせ、今もわずかな希望をかき集めたような話を、慌てて運んできた。

だから安倍も、違う選択肢を選んだ。

絶望を突きつけるのではなく、縋《すが》るような小さな希望を彼に残した。

これまでは見ようともせず、選ぶこともなかった彼が、自ら見つけて選び抜いた芽を潰したくないなんて、らしくもないことを考えてしまったのだ。

たとえそれが無意味でも――誰かの救いになることがあると知ってしまったから。

地元新聞の、小さな小さな記事。

そこには、とある転落事故で長らく意識不明だった女性が息を引き取ったと書かれていた。

「この僕が、ずいぶんぬるいことを考えてしまったな」

新聞紙を放る。それを回収した店主は、苦笑を浮かべ諭すように言った。

「保明さん、それでも優しい嘘は必要ですよ」

「意味なんてないのにか？」

「はい。意味などなくても、この世には優しさが必要なんです」

以前ならば無意味と突っぱねただろう言葉を受け止め、安倍保明は軽く頷いた。

そして、物思いにふける。

（蛇にとられたと言っていたな……）

少女が最後に残していった、手がかり。

彼女という存在を変質させた元凶は、蛇。

奇しくも、自分たちが遭遇した探しもの二件、そのどちらにも蛇が絡んでいたのだ、偶然で片付けられるわけがない。

「嘘憑きの狐が見たのも、黒い蛇……」

掠れた呟き。それは、静寂に溶けて消え――。

「兄ちゃん、おるか～！」

賑やかな子どもの声で、上書きされる。

――ちりん、ちりん。

軽やかに鳴る鈴の音色と共に、探し屋に自ら立候補した妖、赤が姿を見せた。

「騒々しいぞ、子鬼。狐なら、今日はいない」

「んなっ⁉ お、おう、そ、そうか……」

きょろきょろと店内を見回し、あの狐顔がいないとわかった途端、しゅんと肩を落とす。

一連の動作を眺めていた安倍は、ぽつりと呟いた。

「お前は、ずいぶん彼を気に入っているな」

「え？　うん！　おれ、兄ちゃんのこと、好きじゃよ！　あめもくれたし！」

「食べ物に釣られたのか」

「それにの～、兄ちゃんは、いいにおいがするんじゃ！」

店主に手招きされ、とたとたとカウンター席に近づきながら、赤が言う。

「……匂い？」

「おう！　よぉーっく近づかんとわからんけど、いいにおいじゃぞ！」

「ふむ――やはり、あれだけウソツキなのは、他の妖から隠すためか」

「なんか言ったか？」

「お前には、とんと理解できない話だ」

冷たくあしらう安倍の言葉に、赤がふくれっ面になる。だが、子どもらしい反応に右往左往するのは、あのお人好しの狐くらいだ。

この子鬼もまた、妖。

人とは違う道理の中で生きているその本質は、強い。さまよう霊となった者が安らぐ方法はひとつだけだと悟れるほどに。

心残りがなくなった霊は消え、怨霊となった霊は祓《はら》われる。

依頼の成否を問わず、少女の霊とは二度と会うことはないと察していたから、子鬼は帰り際に泣いていた。

そして、すべてが終わった今も少女の件を問わない。あの時の別れで決着がついているのだ。

「兄ちゃんはやさしいけど、アベはいじわるじゃ！」

「あいにく、僕はすべてに対して平等に接する主義だ。たとえ見た目が幼かろうと、関係はない」

子鬼は問わない。安倍も語らない。

しかし、きっと自分ひとりで探し屋を続けていたら、こんな風にはならなかったと安倍保明は考える。

妖と陰陽師の間には、いまだに大きな溝がある。

以前ならば、なぜ救わなかったと負の感情をぶつけられただろう。そして安倍も、なぜ救わなければいけないのだと思ったかもしれない。

あまりにも様変わりした現状を思いつつ、安倍はきゃんきゃんとうるさい鬼の子ども相手に、鼻を鳴らした。

「やかましくするなら、つまみ出すぞ」

女子どもには甘すぎる狐がいれば、大人げないとさぞやうるさかっただろう。

そう思ったのは、安倍だけではなかったようで、子鬼がふくれっ面のまま言った。

「む～！　やっぱりアベは、いじわるじゃ！　兄ちゃんに言いつけてやるからのう！」

「ふん。あの狐に言いつけたからといって、どうなる」

肩をすくめる安倍に対し、赤は腰に手を当ててふんぞり返った。

「気にしてないふりをしても、だめじゃ！　おれ、知っとるぞ！　アベみたいなのを、ツンデレっていうんじゃ！」

「なんだと？」

安倍の目が据わり、黙ってやりとりを見守っていた店主は、堪えきれず噴き出す。

「即刻訂正しろ。僕は、別にツンケンしていない、自分に正直に生きている」

「ツンデレ！　アベのツンデレ！」

「しかも、なぜ僕だけ呼び捨てなんだ……おい、店主、お前も笑うんじゃない」

言いながらも、安倍の口元も常より緩んでいた。

しんみりとした空気を吹き飛ばした子どもは、いまだ「ツンデレ」などと安倍にとっては心外極まりない言葉を口にしている。

少し前までは、想像もしていなかった意外性に満ちた店内だが、悪くない。

けれど、こんな状態を作り出したのは自分ではないことを、安倍は知っている。

この奇妙で優しい世界の中心にいるのは、今この場にいない、狐顔の青年だ。

「赤くん、今さっきプリンができたばかりなんですよ。ぜひとも、試食していってください」

「ええのか!? そんなら、おれ、イスもってくる!」

当初の怯えはどこへやら、今ではすっかり店に馴染んでいる子鬼は、いそいそと子ども用のイスを取りに走る。

その間に、店主と視線が合った安倍は目を細めた。

「お前の言うとおりだな」

店主は笑顔でひとつ頷いて、子鬼のためにプリンを盛りつけにかかる。

自分だけではとうてい作り出せなかった、人だ妖だという余計な隔たりが存在しない、穏やかな空間。

その空気に浸りながら、安倍は狐顔のアルバイトを思い描く。

「たしかに、君にはこんな優しい世界が似合うな、狐」

面と向かって言えば「気持ち悪い」だの「明日は大雨だ」だのと、憎まれ口を叩くのが手に取るようにわかるから、安倍は伝えるつもりもなく独りごちて笑う。

——もうすぐ夏が本番を迎える、ある日の出来事だった。

四　ウソツキ

おまじないだよ。小太郎を、悪いものから守るための、おまじない。母ちゃんがいなくなっても、このおまじないが、お前を守ってくれるからね。

最後に、寂しげな狐の鳴き声が遠くで聞こえて……。

「いた！　親父、小太郎いたぞ!!」

大きな声と同時に、体をゆさぶられて目が覚めた。

「大丈夫か？　痛いところはねぇか？　父ちゃんだぞ、しっかりせぇ、小太郎！」

「ん～？　いま、なんじ？」

矢継ぎ早な質問に寝起きの頭では答えられず、ごしごし眠い目をこする。

「暗い……」

「当たり前ぇだ！　今、何時だと思ってる！」

周りは真っ暗で、たしかに子どもが外を出歩くには遅すぎる時間だった。

とっさに怒られると首をすくめた俺だったが、げんこつの代わりにぎゅっと、息苦しいくらいに抱きしめられる。

「このアホ！　心配かけで！　っとに……無事でいがった……！」

「父ちゃん？　なんで泣いてるの？」

子どもだったから、強い大人の象徴である父の涙に驚いた。

同時に、自分もひどく悲しい気分であると気づく。

夢、そう夢のせいだ。

とっても悲しい夢を見た気がするけれど、どうしても内容が思い出せない。目を覚ますのと同時に、どこかへ落としてしまったみたいに。

──忘れたふり。

それが、俺の最初の〝嘘〟だった。

◆◆◆

七月末。いよいよ猛暑が到来し、外はうだるような暑さとなっている中、俺は冷房が程よく効いたバイト先の休憩室で、こそこそ電話をかけていた。

「……うん、ごめんな、ばーちゃん。課題とバイトが忙しくて帰れそうにないんだ。実は今も、まだバイト中でさ。あ、休憩時間だから平気だけど、でもそろそろ時間だから。うん、うん、大丈夫。元気でやってるから。……ん、父さんにも伝えといて。それじゃあ」

区切りのいいところで別れの挨拶をしてスマホから耳を離し、通話終了をタップすると、現在の時刻は午後二時三分と画面に表示された。

休憩時間が終わるから電話を切らないといけないなんて、嘘だ。

このあとに仕事なんてない。俺はもう上がりの時間だ。

（ごめん、ばーちゃん）

わずかな罪悪感から、胸中で謝罪する。

だが、いつまでもスマホを見つめていても仕方がないので、ロッカーにしまって振り向いたところで、感情の読めない小ぎれいな顔を見つけ驚いた。

「辛気くさい顔だ」

「うぎゃっ!? あ、安倍さん？」

「なんて悲鳴だ、狐。というか、人の顔を見るなり悲鳴を上げるなんて、君はずいぶん失礼な男だな」

「気配も音もなく、そんなところに突っ立ってるからです！ 忍者かよアンタ！」

「君が注意力散漫なだけだろう」

俺が悲鳴を上げたことがお気に召さないらしく、不機嫌に腕を組む男。

とうとう従業員の休憩室にまでやってくるようになった常連、もとい、オーナーである安倍保明だ。

見た目は、どれだけ多く見積もったって二十代前半にしか見えない若い男。モデルですと言われたら納得してしまうようなきれいな顔と、羨ましいくらい長い脚の、いわゆる美形というやつだ。

だが、実に不思議な商売を自分の店の端っこで営んでいる、超変わり者である。

店の看板には小さくだが【ウセモノサガシ、ウケタマワリマス】と書かれていて、安倍はここで、探し屋という仕事をやっているのだ。

俺は、成り行きでコイツの仕事を手伝うことになったわけだが、なぜか訪ねてくる客は皆変わり者ばかりで、探してほしいものだって不可思議。

コイツと関わってからというもの、不思議な出来事ばかりに遭遇している。

「狐？　おい、狐。目を開けたまま寝るクセは、直したまえ」

「うわっ！」

目の前で、片手をひらひらと動かされ、我に返る。

「寝てないですから！」

「寝ていないなら、なにか考え事かい？」

「……別に」

言葉を濁せば、言いにくい事情があるのだと察して引き下がるのが普通だろう。

だが、安倍保明という男は別だ。奴は、たとえ察しようとも引いたりしない。それどころか、ガッチリと食いついてくるのだから。

今回も、例に漏れなかった。

「例えば、そうだな……。世の中の学生は、夏休みという名の長期休暇が始まったばかりだというのに、たいして忙しくもない喫茶店のバイトがあるから、実家には帰れない……なんていう言い訳を考えて、帰省しない方法の模索とか」

ふふんと、したり顔でぺらぺら語られて、俺はぐっと言葉に詰まった。

「あとは……こういうのはどうだろう？　休憩時間が終わるどころか、今日はもう上がりだというのに、さもこれから仕事が始まりますと言いたげに通話を切り上げた理由とか」

「やめろ！　もう、ホントにそこまでで、やめてください！　アンタ、いったいどこから聞いてたんですか？　盗み聞きとか、悪趣味ですよ」

「君に用があって来てみたら、電話の最中だったから遠慮したんじゃないか。それほどまでに思慮深い僕を、よりにもよって盗み聞きした悪趣味呼ばわりなんて。狐、君という奴は、本当に残念で残念で、どうしようもなく残念な男だな」

わざとらしいまでに嘆いて、額に手を当てる安倍。

結局、残念しか言っていないじゃないかと睨めば、奴は悪びれなく笑った。

「そんな残念狐に、僕から贈り物だ」

「は？　脈絡なさすぎて意味不明です。……変なものとかじゃないですよね？」

「君は本当に残念な挙げ句、失礼極まりないな。嘆かわしい」

憮然《ぶぜん》とした面持ちで、安倍はぶつくさ言いながら足元に置いていた紙袋を持ち上げた。

「やる。容器は、次にバイトに来るとき、返すように」

「いったいなんですか、これ？」

「なんだ。君は鼻が利かないクチか」

「鼻？」

言いながら安倍が紙袋から取り出したのは、密閉容器だった。

コイツが庶民的な代物を手にしていると、なんだか違和感を抱いてしまう。ごく普通のプラスチック製密閉容器のはずなのに、なんかものすごく高級に見えるのだ。本人が持つ、浮世離れした雰囲気のせいかもしれない。

「ほら」

「これは……！」

違和感で思考がとっ散らかっている俺をよそに、安倍は密閉容器を開けて、中身を見せてきた。

思わず目を見開き、歓声を上げてしまう。

「すげー！　おいなりじゃないですか！　それも、ぎっしり……！」

「君の好物だろう。やる」

「い、いいんですか⁉ 俺、本当に貰って全部食ってしまいますよ⁉ あとで、やっぱり返せとか言われても、残ってませんよ⁉」

「誰が言うか。君は僕をどれだけ、せこい人間だと思っているのかね。というか……喜びすぎだろう、これくらいで」

これくらい？

なにを言っているのだ。男のひとり暮らしだと、作る料理は大ざっぱで簡単で、量を重視したものと限られてくる。おいなりなんて、間違っても作ろうとは思わないから、喜ぶに決まっているだろう。

「安倍さんって、性格はねじくれてるし、普段の態度も褒められたもんじゃないけど、実はものすごく優しい人ですか？ そんな気がしてきました！」

「なぜだろうな、狐。僕はたぶん今、腹を立てる場面なんだろうが、なんだか君のことが不憫《ふびん》に思えてきたよ。……たくさんお食べ」

「うぅ、いただきます！」

「って、今食べるのかい⁉ ……本当に好物なんだな」

呆れた様子の安倍だったが、そのまま密閉容器を渡してくれた。

イスを引いて、俺はウキウキしながらひとつつまむと、かぶりつく。

「ん～、うまい！」

「実に理解しがたい。僕には、やたら味の濃い揚げと酸っぱいだけの白米による、最悪のコラボレーションとしか思えない。……子鬼にも、数分前に顔を出したので食べろとすすめたが、拒否されたぞ。いつもは、長居するくせに、さっさと逃げ帰った」

「えっ、赤も苦手なんですか。今時の子どもって、やっぱ、おしゃれ系フードが好きなんですかね？」

「アホ狐。その、無駄に味の濃い揚げの原材料を思い出せ」

　原材料と言われて、俺は考える。

「そりゃあもちろん、豆腐です」

「では、豆腐はなにからできている」

「なにって、そんなの大豆に決まって……あっ！」

　連想ゲームのように考えて、ようやくたどり着いた答えに、安倍は頷く。

「そう、豆だ。あの種族は、程度の差はあれど、豆類が得意ではない。よって、これも種族的本能で忌避《きひ》された可能性がある」

　そんな風にいう安倍だって、若干嫌そうだ。コイツの場合、匂いやら味付けやらが苦手みたいだけれど。

　嫌ならすぐに立ち去ってもいいのに、安倍はわざわざイスに座り、俺が食うのを見ている。

「そういえば赤、あんみつ頼んだときも、豆抜いてたな。しかし、これもダメだったとは。……あれ？　でも餡子《あんこ》はそのままだったような……」

同じ豆類からできているのにと首をかしげると、安倍がますます嫌そうな表情で言った。

「だったら単純に、その甘辛くて酸っぱい物体が嫌いだという可能性もあるな。うん、気持ちはわかるぞ」

人の好物を貶《おとし》めやがって。

でも、うまいものをくれたわけだから、文句は言えない。

「あの……それで、結局用事って？　俺に、これをくれることだったんですか？」

「それはついでだ。店主め、嫌がらせのごとくたくさん作って、僕に押しつけてきたものだから、君にもおすそ分けしようと思いついたまで」

「なんでそんな、たくさん作ったんですかね？」

「お盆期間、店を閉めるだろう？　だから、在庫は持ちたくないと言いだしてな」

気持ちはわかる。だけど、どうしておいなりの大量制作に走ったのだろう？

オーナーである安倍はこのとおり、おいなりが苦手なのに。

「店長って、掴めない人ですね」

「あれは、突発的におかしな行動をするんだ。深く考えるな」

げんなりとした様子で、安倍が言う。

うんうんと頷きながらも、俺はすでに四個目に手を伸ばしていた。

「しかし、よく食べるな。なにか飲まなくていいのか？」

「あ、平気です」

「そうか」

「で？　本当の用事って、なんですか？」

安倍は、イスの上で長い脚を組むと、俺を見て目を細める。

決して付き合いは長くないが、なにか面倒なことを考えているのだろうくらいはわかるようになっていた俺は、察していながらあえてピントのずれた質問をぶつけた。

「もしかしてシフトの相談ですか？　夏休み中は暇なんで、いつでも入れますけど」

「そうじゃない。なあ、狐」

「はい？」

「……君は、どうしてウソツキなんだ？」

間が空いた。

俺は、食べる手も止めて安倍を見る。

たぶん、相当間抜けな顔になっていると思うが、言われた言葉が唐突すぎて、脳みその処理が追いつかなかった。

沈黙が広がる中、じわりじわりと夏の暑さのように言葉が染みてきて、ようやく口を開く。

「すみません、俺……ケンカ売られてます？」

そうとしか思えない問いかけだ。おいなりの恩がある相手とはいえ、低い声が出てしまう。

「違う。僕は、そんな無駄なことはしない」

安倍は、慌てる様子もない。ただ、面倒そうな口調でそう言っただけ。

たしかに、この男の性格を考えればもっともな返答だが、それなら不躾な物言いの意図はなんなのだろう？

「じゃあ、そんな言いかたはやめてください。誤解されますよ」

「だって君は、ウソツキだろう」

「ウソツキって……」

これは、以前から安倍にちょくちょく指摘されていた。

そして、俺が子どもの頃、周囲に散々言われた言葉でもある。

嘘つきから始まり『小太郎君は、いもしないものをいるって言い張る、大嘘つきだから、もう遊ばない』となるまで、そう時間はかからなかったと思う。

そもそも、田舎っていうのは閉鎖的だ。子ども社会だって、その例に漏れず、田舎の閉鎖性を煮詰めて作った、縮図のような社会だった。

一度つまはじきにされたら、終わり。二度と、どこにも属することができない。もともと、子どもの数が少ないのもあって形成されるグループは、常にひとつだけだったから、そこからはじき出された俺は、小学校と知った者たちがそのまま持ち上がる中学校は、地獄だった。

思い出したくもない暗黒期をようやく抜けたというのに、コイツはなぜ人の古傷を抉るんだ——以前なら、一も二もなくそう思って、反発しただろう。

今は、少しだけ考えるようになった。

安倍保明という人間の、真意というものについてだ。当然だが、この男は俺よりはるかに頭がいい。頭のいい奴の考えを凡人が読み取ることは、かなり難しいことも知っている。

頭をひねったって、実は安倍の思考回路はさっぱり理解不能なのだが、それでもコイツがたびたび口にする〝ウソツキ〟って言いかたは、俺が子ども時代に散々言われ続け、貼り付けられた〝嘘つき〟というレッテルとは、どこか違う気がした。

「……俺、前から聞きたかったんです。なんなんですか、そのウソツキって。俺が、嘘ばっかりついている奴ってことですか？」

「文字どおり、といっても……わからないか。つまるところ、狐——君は、嘘に憑かれているんだよ」

「………」

幽霊の次は、嘘に憑かれているとは、これいかに。

俺は、やっぱりお憑かれ体質なのか。そもそも、嘘にとり憑かれるというのは、どういう状態なんだ？

瞬時に頭を駆け巡った間抜けな感想と疑問は、そのまま顔に出てしまっていた。

冷めた視線が、俺に突き刺さる。

「なんだね、その顔は」

「すみません、よくわからないんですけど」

「だろうな。そんな顔をしていた」

冷たい目で俺を見ていた安倍だが、この手の質問にはもう慣れっこなのだろう、バカにしたりはせず、一応説明する素振りを見せてくれる。

ただし、俺からおいなりを取り上げて。

「ああっ、俺の食料！」

パチンと蓋が閉まる音が、無情に響く。俺が悲鳴を上げると、今度こそはっきりと安倍は嫌そうな顔をした。

「あとでゆっくり食べればいいだろう。真面目な話なんだから、酸っぱいような甘いようなしょっぱいような……形容しがたい複雑な匂いを漂わせるな。気が散る」

密閉容器を紙袋にしまうほどの念の入れよう。かと思えば、奴はそのまま袋を持って立ち上がった。

「安倍さん？　俺の食料をどこへ持って行く気ですか!?」

「暑い盛りに、食べ物を放置しておけるか。これは、店主に冷蔵庫で保管しておいてもらう。——ついてこい狐、場所を移そう」

「……え？」

「長い話になりそうだからな」

すたすたと、安倍は俺の晩飯（予定）が入った密閉容器を持ったまま店の方へ行ってしまう。

「はっ……！　待ってください、俺のおいなり!!」

目の前で好物を奪われ呆然とした俺だったが、奴の足音が遠ざかったところで我に返り、慌ててあとを追いかける。

客のいない店内では、店長が穏やかな笑みを浮かべて待っていた。

今日の仕事を終えたはずの俺が、制服のままで戻ってきたことを不思議がる様子もない。わかっていたように、ゆったりと奥の席に手を向ける。

「稲成くん、お疲れさま。保明さんが、向こうの席で待ってますよ」

「向こう？」

指し示された場所は、オーナーである安倍が、探し屋として依頼人を迎える場所。一番奥の、ボックス席だった。

「なんで？」

思わず首をひねり、独り言を漏らしてしまった俺に対し、店長はすっとメニューを差し出してくる。

「それで、稲成くん。なにを飲みますか？」

「はい？　いや、俺は……」

「お客人には、好きな飲み物を一杯サービス……これが、オーナーの方針だと忘れてしまいましたか？」

やんわりと、けれど断ることは許さない強引さで店長が切り込んできた。

いまだ状況についていけない俺は、ただ目を白黒させるだけだ。

「お客人？　誰がです？」

「もちろん、君ですよ。君以外、店にお客人はいませんから。そうでしょう？　稲成小太郎くん」

「いや、俺には探しものなんて」

「おやおや、ストップです。そういう大切なお話は、私ではなく保明さんとするべきですからね。飲み物の注文が決まったら、声をかけてください。お話の邪魔をしないよう、奥に控えていますから。では」

「店長……!?」

「さあ、君はあちらへ。待っていますよ」

言われて視線を動かせば、安倍が例の仕事用席でふんぞりかえっている。

いったいどういうつもりなのだと、俺は足早にそちらに向かった。

「安倍さん、場所をかえるって……なにも、店内じゃなくても」

「ここでなければダメだ。それは、君が一番わかっているはずだが？」

「わかりませんよ。俺には、探してほしいものなんてありませんから」

席につけと促されても、首を横に振り拒否する。

頬杖をついて俺を見上げた安倍は、きらりと色の薄い目を光らせた。

「本当に？」

「……くどいです」

「一度失った真実は、もういらないと？」

どくりと、心臓がバカみたいに大きな音を立てた。

「なんですか、それ」

平静を装ったつもりだったが、出した声は掠れていて、動揺はごまかしきれていない。

安倍は、もう一度、今度は強い口調で言った。

「頼む、席についてくれ、狐。言っただろう？　これは、真面目な話なんだ」

コイツになにかを頼まれたのなんて、初めてではないだろうか。

だいたいが命令口調で終わっていた。そんな安倍が今、逃げることを許さない真剣な目で俺を見て、頼むなんて言葉を使ってくる。

「……わかりました」

根負けした俺が向かい側に座ると、安倍がほっとしたように息を吐いたのがわかった。

こんなところを見るのも、やっぱり初めてだ。

「つーか、本当にどうしたんですか？　アンタ、なんか変ですよ」

「君は嘘に憑かれている」

「だから――！」

「見ないふりも、聞かなかったふりも……それで、普通の世界とつじつまを合わせられたのも、嘘憑きだからだ」

カッとした俺に、安倍の冷静な言葉が刺さった。

瞬間的に頭にのぼった血が、一気にすーっと引いていく。

この極端な感覚変化は、痛くもない腹を探られているからではない。痛いところをしかないのを、とっくに見透かされていたのだと、思い知らされたからだ。

「…………」

俺が静かになったのを見て、安倍はテーブルの上で手を組み、続けた。

「ありえないものを見た時、人は恐れ混乱する。けれど君は、次の瞬間にはそれをまるで、なかったかのように処理した。普通ではないことを嫌うならば、人外の存在を目の当たりにすれば拒絶反応があって当然、だが君は今まで出会ってきた依頼人すべてを、当たり前のように受け入れていた……君の言葉を借りれば、ごく普通に」

それがどうした。

言い返したいのに、喉に言葉が貼りついたように出てこない。

「わかっているか、狐？　それこそが、普通ではないことなのだと」

「ふざけんな！」

思わずテーブルを強く叩き、立ちあがって応酬する。けれど、反射的に口から飛び出した言葉は、ありきたりすぎて、図星だと宣伝しているようなものだった。

今の自分の姿は、きっと滑稽《こっけい》に違いない。頭の隅に追いやった冷静さが、我が身を省みる。

けれど、恥じて引き下がれるほど俺は大人ではない。今の言葉だけは、聞き流すわけにはいかなかった。

「……普通だよ、普通に決まってるだろ……！　俺は、俺は——！」

俺は普通。ごく普通の大学生だ。なにもおかしい点はない。言ってやりたいことは、山ほどあるはずなのに、うまく口が回らない。

安倍が、哀れむような目を向けてくるからだ。それが、普通とは違う証明のように思えてしまい、俺はがっくりと力なく座り込んだ。

無様だろう、滑稽だろう。

情けない醜態をさらしているはずなのに、安倍はいつものような嫌味を口にしなかった。ただ、ますます真剣な表情で、目をそらさないでいる。

「教えてくれ、狐。君はどうして、普通に固執する。そうすることこそ、自分が普通ではないと証明しているようなものなのに、なぜだ？」

「……っ」

「君は以前、僕を理解しようとしてくれた。僕も、君のことを知りたいと思う。暴き立てて、どうこうしようというわけではない。ただ、力になりたいんだ。——以前、君が、そうしてくれたように」

安倍はそんな風に言うけれど、俺は特別なことなんてしていない。勘違いだろうと首を左右に振れば、安倍は笑って否定する。

「君にそのつもりはなくとも、僕はたしかに君に助けられてきたんだ」

「だから、恩返しって……？　でも、俺はそんなこと……」

「狐、頼む……僕を、信じてくれ」

はっと、息をのんだ。自分の目が、大きく見開かれているのがわかる。向かい側に座る男の色の薄いふたつの瞳に、驚いた顔の自分が映っていた。

真摯な表情を浮かべる男の顔は、きっと俺の間抜けな目に映っているのだろう。

「……なんですか、それ」

今日だけで、ありえない言葉をふたつも聞いた。

頼む。

信じてくれ。

この男の口から出てくるなんて想像もつかなかったのに、面と向かって放たれると、なぜかすとんと俺の中におさまった。不思議なことに、それまでは喉に貼り付いたように出てこなかった言葉が、するりと飛び出す。

「……安倍さんは、狐憑きって知ってますか？」

安倍は俺の質問を笑ったりせず、真剣な顔のまま頷く。

「ああ」

「さすが専門家」

茶化すような口調になってしまったが、こんな雰囲気でも作らないと話せない。いたたまれなさと、向き合えないのだ。

俺の情けない胸中など、とうに察しているだろうに、安倍は呆れたりせず続きを待っている。

もしもこれで、苛立ったりしてくれたら、こっちも怒ったふりをして話を切り上げられたのに、なんて卑怯なことを考えてしまった。

（ダメだなー、俺）

俺はまだ、どこかへ逃げたいらしい。

せっかくあんな田舎から逃げてこられたのに。

逃げてきて、ようやく俺が見たものを、信じてくれる人と知り合えたのに。

（本当に、どうしようもねーな、俺……）

一度、大きく深呼吸をした。

急かさず待っている安倍を薄気味悪いと笑えば、奴は片眉だけを器用に上げて
「オーナーだからな」と意味不明のどや顔を披露する。

それが気遣いとわからないほど、鈍くはない。

この男は、本当に俺の話を聞く気なのだ。

（そんな奴、今までいなかった）

意を決し、俺は口を開いた。

「俺、すげー田舎出身なんですよ。閉鎖的で、迷信とか古いしきたりとかが残ってて、春になってもまだ雪があるようなド田舎。……それで、俺は妙なことばっかり言う子どもだったから、狐憑きだって陰口を叩かれていたんです」

ありもしないものが、さもそこにあるかのように話す。

いるはずがないところに、まるで誰かがいるように喋る。

あの子はどこか、おかしい。

田舎は閉鎖的で刺激が少ない。みんな暇を持て余していたから、噂話はあっという間に広がる場所だった。

気がつけば、俺の立ち位置はそうなっていたのだ。

「年寄りは俺を見ると、くわばらくわばらって拝むから、子どもが真似するし。そのうち、小太郎は変なことばっかり言う嘘つきだから無視しようってなったみたいで。俺は大人からは腫物《はれもの》扱い、子ども社会では村八分っていう、悲惨な幼少期を送ったんですよ」

たぶん、誰もが同じことを思っていた。

俺を、気味悪いって。

「じーちゃんも、そういう古い田舎の人間だったから、俺が変なことを言いだしたらブチ切れて、毎回蔵に放り込まれてました」

いつも近くにいて、その光景を見ていた祖母も、助けてはくれなかった。

ただ、可哀想だと憐れむばかりで、祖父の折檻《せっかん》を止めてくれはしなかった。

止められなかったのだろうと理解できたのは、俺が田舎を出て県央の高校に入学してからだ。田舎から直接通うのは大変だからと寮に入って、あの家を離れてからようやく気づいたのだ。全部パフォーマンスだったから、祖父も祖母も、途中で止めることができなかったと。

祖父は、このおかしな子どもは、自分がしっかりしつけているから大丈夫だと外に見せることで、俺が過剰に害されたり、一家が村八分にあったりするのを避けていたのだろう。

成長して、すべてが祖父母なりの愛情だったと理解できるようになったが、当時は本気で悲しくて怖くて、心細かった。

たぶん俺は、今でも心の底では納得できていない。

「ご両親は、なにをしていたんだ？　やはり、黙って見ていたのか？」

「父さんは、じーちゃんの農業を手伝ってましたから、じーちゃんのやることに口を出したりしません。じーちゃんから引き継いだ畑に行ったまま、夜まで帰ってこない日が多かったし」

子どもの頃、ようやく蔵から出してもらうと、居間では決まって父が晩酌していた。

俺に背中を向けて、難しいニュースや天気予報が映るテレビ画面から目を離さず。

幼心に、俺はそれを父の拒絶だと受け取った。

「……そうか」

「まあ、仕方ないっちゃ仕方ないなって……。だって、俺が妙な子どもだったってことをのぞけば、普通の家だったんですから」

俺だけが、異質だった。祖父が毎回激怒して、祖母が嘆き、父が持て余すほどに。

そう呟いて自嘲すると、安倍はテーブルの上に組んでいた手を解いた。

指先で、トンッとテーブルを軽く叩き……そして、探るように俺を見る。

「――母親は？」

なんてことないシンプルな問いかけだったが、俺は返答が一拍遅れた。

「……はは、おや、ですか……？」

「そう。君の話には、母親が出てこない。どうしたんだ？」

なんだ、そんなことか。

ホッとして、俺は昔に聞いたとおりの事実を話した。

「母親は、俺が小さい頃に死んだって、じーちゃんが言ってました」

どれだけ詮索好きな人間でも、こう説明すれば引き下がった。悪いことを聞いたと、申し訳なさそうな顔をして、それ以上母親の話題に触れようとはしなかった。

それが、きっと普通の反応だろうに、向かいに座る男は、違った。

「小さい頃？　それは、いつだ。君が、何歳くらいの時だった？」

「……え？」

さらに問いを重ねられ、俺の口からは呆けたような声が出る。

今まで踏み込んでくるような無神経な人間はいなかったから、俺はひどく落ち着かない気分になるが、安倍はこういう人間なのだ。一度食いつかれたら、コイツが納得するまで逃げられない。

だから必死に言葉を探す。

「小さいは、小さいだ。それこそ、覚えてないくらい、うんと小さい頃の話ですよ」

事実を口にしているだけなのに、まるで言い訳のように早口で言い募ってしまう。

安倍の目が、油断なく光った。

「本当に？」

問われて、即座に頷けない。

（まただ）

テーブルの下で拳を握ったのは、安倍が試すような視線を向けてきて、得体の知れない緊張感を覚えたから。

（なんで、こんな気まずい思いをしなけりゃならないんだ）

間違ったことなど言っていないのに、気まずくて息苦しい。

けれど、ここで視線をそらせば自分の言っていることに自信がないと思われる。

だから俺は、ぐっと堪えた。なにが言いたいのだと、奴を睨み返す。

すると、安倍はゆっくりと息を吐き出し、頬杖をつく。

「君の話を聞いていると、奇妙に思える点がいくつかある。その最たるものが、母親だ。なあ狐、誰も君に母親の話をしなかったのか？」

心底不思議そうに問われた。

「それは……！」

「君も、祖父母や父に、母親の話をねだらなかったのか？」

母親は死んだ。それは、家長である祖父からきつく言い聞かされてきたことだ。

安倍は「本当なのか？」なんて意味深に問いかけてきたが、事実に決まっている。

俺の母親は——。

ふと、なつかしい女の人の声が頭の中で反響した。

『小太郎、母ちゃんがおまじないを——』

「狐？」

安倍の声に、我に返る。

（落ち着け、ただの空耳だ）

いやに耳馴染んだなつかしい声を振り払い、俺は口を開く。

「死んだ。じーちゃんが、そう言ったんだ。じーちゃんの言うことは、絶対だ」

「おかしいな。君の言葉は、まるで自分に言い聞かせているように聞こえる。……自分の中のなにかを守るために、嘘をついているようだ」

「——っ」

そんなこと、あるはずがない。

「もうひとつ、いいか？　君は母親を語るとき、どうして他人事のように話す？　思い出が、ひとつも残っていないのか？　小さい頃とは何歳の時だ？　母親の記憶はないのか？　写真すら見せてもらえなかったのか？　だとすれば、それこそ、君が嫌う普通ではないこと……あけすけに言えば、とても異常なことではないのか？」

「…………」

「……いい加減、見えてきたんじゃないか？　君が失った、大切なものが」

母親は死んだ。俺がうんと小さい時に、死んだ。

祖父が言ったから、それは絶対だ。

でも——。

『悪いものから、小太郎を守ってくれる——』

俺の中には、母親の記憶が残っている。

たったひとつだけだけれど、夕焼けを背負った母と手を繋いで散歩している――そんな、他愛ない思い出が。

「……安倍さん」

「なんだ？」

「俺、高校は寮があるところを選んで、家を出たんです。じーちゃんは、逃げるように家を出て行った俺をすげー嫌ってて、最後は二度と家の敷居をまたぐなって激怒してました。俺も、顔を見るのも嫌だったから三年間一度も家に帰らなかった。そしたら、高三の春に、死んだって連絡が来たんです。……葬式も終わったからって」

妙な子どもは、そのまま大きくなり、逃げ出した。逃げた俺に届いたのは、電話一本の事後報告。

高校も卒業しなくていいから、さっさと家業を手伝えと口うるさかった祖父は、異常な俺を外へ出すことを極端に嫌がっていたから、無理もない。世が世なら、お前みたいな頭のおかしい奴は死ぬまで座敷牢暮らしだと言われたこともある。

それくらい、祖父は普通からはみ出す俺を嫌っていた。

「あの人の口癖は、『真っ当な人間でいろ』だった」

嘘つきと同じくらい、繰り返し言われてきた言葉だ。

『小太郎、お前は人とは違う。狐に憑かれた、気の毒な子だなんだと言われてるが、世間様から見れば頭のおかしい異常者だ。普通でいろ。常に、真っ当な人間であるように心がけろ。間違っても、ありもしないものを見ようだなんて思うな』

そう繰り返してきた祖父が、俺の母親に関するすべてを隠したのだとしたら、理由なんてひとつだけだ。

「俺は普通でいようと思ったから、記憶のつじつまが合わないことにも、知らないふりをしてきました。たったひとつしかない思い出なんて、すげー不自然だけど……普通じゃないから、気づかないふりをしたんです」

誰も語らない、俺の母親はきっと——。

考えないようにしていた、母親のこと。

避けていた事柄に向き合うなんて、これまでの俺だったら考えられない。

けれど、今は違う。

(コイツは、俺の話を聞いてくれる)

頭ごなしに否定して、俺に嘘つきで頭のおかしい男だというレッテルを貼ってお終いにしない。

向き合おうとしてくれた安倍に応えるため、俺は自分の記憶を掘り起こす。

「母さんは俺と同じで、きっと普通じゃなかったんです」

「………」

「だから、あの田舎じゃ生き辛くて……」

「生き辛くてどうした？」

「………」

「死んだと、そう思うのか？」

死んだ？　母さんが？

あの閉鎖的な田舎で、周りの奴らの好奇と嫌悪の視線にさらされて、ついに神経がまいって病気になり、死んだと？

だから、俺の家族は、母さんのことをひた隠しにしたのか？

（思い出せ……）

俺の母親は、生き辛いあの田舎で、どうなった。

だって母さんは元気だった。あの、夕焼けの日だって……。

――夕焼け？

「……そうだ」

繋いだ手と、夕焼け。

おきつね様と呼ばれている、小さな神社。

バラバラだった記憶が一本の線になり、繋がっていく。

「母さんは、死んでない……」

母さんは、やけに夕焼けが濃かったあの日……。

『小太郎、母ちゃんがおまじないをしてあげる』

『悪いものから、小太郎を守ってくれるおまじないだよ』

一緒に、神社に行って拝んだ帰り道、急にそんなことを言いだしたのだ。

『おきつねさまが、お前を守ってくれるからね。……だから、これから先、悪いものには近づいちゃいけないよ』

『うん。おれ、知らない人にはついていかない』

当時思い描いた悪は、言葉巧みに子どもを騙す不審者だった。けれど、頭を撫でられながら言い含められたことを、今になって思い出す。

『知っている人でも、悪いものを持っている人には、近づいたらいけない。約束できるね？』

差し出された小指に、自分の小指を絡めた。

『はい、指切った――』

そして、見上げた母の顔は――。

「……狐」

「なに？」

「……狐だった……」

思い出してしまった真実に、俺は青ざめた。

「安倍さん……」

助けを求めるように、向かい合う相手の名前を呼んでしまう。

「俺が最後に見た母さんの顔は……狐だったんです……」

そして、子どもだった俺は、大声で「狐だ！」と叫んだ。

そのあとはどうしたか、わからない。

俺は、なぜか神社の社で丸くなって寝ていて、捜しに来ただろう父さんに起こされたのだ。

そして、一緒にいたはずの母さんは消えた。

父さんが、どれだけ捜しても見つけられず、俺は母親のことを忘れていた。

「そうか……」

「……俺に、なくしたものがあるとすれば、それはたぶん……母さんだ」

「十中八九、そうだろう。……なにせ、君に嘘を憑かせた張本人だ」

「は？」

「君の母親は、純粋な人間ではない。僕たち陰陽師が、妖と定義する存在だ」

「バカ言わないでください、母さんは……」

いきり立つ俺を、安倍は冷静に制した。

「だって君、見たんだろう？」

「――っ！」

そう。俺は見ている、あの日、母さんの顔が変わった瞬間を。

だから安倍から突きつけられた言葉は、言い逃れのしようがない真実でしかなかった。

「君が最後に見た母親は、狐の姿をしていたんだろう」

「……子どもの俺が、見間違えただけかもしれない！」

「そうではないと、君自身が一番わかっているはずだ」

安倍は俺の内心を見透かすような言葉を吐く。もう逃げるなと。

正論を受け、俺はもうなにも言い返せない。

（もしも、俺があの時、狐だなんて叫ばなかったら……）

十数年ぶりにこみ上げてきた後悔に項垂れていると、安倍が思い詰めた顔で口を開いた。

「狐、僕が責任を持って、君の母親を捜そう」

「なに？」

「だから、君も僕に力を貸してほしい」

「……どういう意味、ですか？」

「僕は、数年前からずっと、ある事件を追っている。子鬼や、のっぺらぼうも、ちらりともらしていただろう？――神隠し、と」

神隠し。

それは、人が忽然《こつぜん》と消えてしまう現象だ。

俺の田舎にだって、嘘か真かわからない逸話として残っているし、誰もが知っている有名な昔話にだって神隠しとして成立するようなものがある。

つまり、昔から人の身近にあった怪異だったが、現代の神隠しは違う。

人間ではなく、妖側で起こっているのだ。

子鬼の赤も言っていた、両親が突然消えたと。

錯乱気味だったのっぺらぼうさんは、陰陽師が神隠しと偽って自分たちを消していると疑っていた。

赤とのっぺらぼう、ふたりが同じ事柄について話しているとすれば……。

「もしかして、俺の母親も、神隠しにあったって言うんですか？」

「気の毒だが……」

安倍は言葉を濁して、先を語らなかった。

だが、コイツなら違うときは「違う」と断言してくれるだろう。そんな男が、明言を避けたということは、きっとこの推測は当たりなのだ。

「なんで、母さんが……」

「君を守るためだったと、僕は思う」

初めて安倍が、言いにくそうに目をそらした。

「俺のため？　どういうことですか？」

「……君は、神社の社で寝ていたところを、父親に発見されたんだろう？　そして母親はそばにはおらず、消えたまま戻らなかった」

確認するように問いかけられて、俺は頷いた。

もやが晴れるように、あの日のことがはっきりと思い出せる。

当時、俺を見つけたのは、血相を変えた父だった。目を覚ました俺は、真っ青な父に抱きしめられていた。

よかった、よかったと繰り返す父の涙を見たのはそれが最初で最後だ。

「時に狐、君の故郷にある神社は、稲荷神社ではなかったか？」

「はい、そうです。地元じゃ、おきつね神社って呼ばれてましたけど……それが？」

「やはりな。眷属《けんぞく》であれば、守護の力が強く働く。対象がまだ幼ければ、より神域に近いから。……君の母親は、神隠しの正体がなんなのか知っていた、あるいは勘づいていた。近いうちに、自分が狙われることも、その次に狙われる可能性が高いのは、我が子であるとも推測した。だから、君を隠したんだ」

安倍の言葉は、全部推測だ。そのはずなのに、まるで見ていたようによどみなく語る。

「けど、隠すって、どういう……？　神社に隠したって意味ですか？」

「それは一時しのぎだ。言っただろう、君を嘘憑きにしたのは、母親だろうと。嘘に憑かれれば、その分だけ君の本質が隠れる。普通でいられるというわけだ」

「……俺が普通じゃないような言いかた、やめてください」

「狐……」

安倍は、ため息をついた。

またそれか、と呆れているようにも見えるし、まだそれか、と哀れまれているようにも見えた。

あるいは、両方が入り交じった、ため息だったかもしれない。

「続けよう。神隠しが君に気づけば、連れて行かれる。隠されてしまう。その前に、母親は君に呪《しゅ》をかけた。真実が埋もれてしまうほど、たくさんの嘘をくっつけ、本当を隠した。……自分という存在がいたという真実すらも、君の中に隠した」

待ってくれと叫び出したい気分だった。

でも、大声でわめいてもどうにかなることではない。

本当に聞きたいことを間違わないように、気を落ち着けて口を開いた。

「俺が、神隠しにあわないために？」

「ああ。……君が普通にこだわり、どんな現象に遭遇しても、無理やりつじつまを合わせて普通を演じるのも、君にかけられた嘘憑きという呪だ。のろい、あるいは、まじないとも言うな」

おまじないだよ——あの時の母の言葉には、こういう意味があったのか。

「その効力は、君だけではなく家族全体……もしかしたら、君の故郷すべてにおよんでいるのかもしれない。だって、今まで誰も、君の母親のことを指摘する人間が出なかった、そうだろう？」

「……はい」

「あまり、こういうことは言いたくないが……、君は子どもたちの中で浮いた存在だったのだろう？　そんな相手の母親が失踪したとなれば、面白がってあれこれ聞きたがる子どもや、下世話な大人が出てくるはずだ」

言われてみれば、そうだ。

人の痛いところをつくのが子どもの残酷さだ。けれど、俺は嘘つき呼ばわりで仲間外れにされていたものの、連中が俺の母親を引き合いに出すなんてことは、一度もなかった。

今思い返せば……不自然なくらいの、無関心さだ。

けれど、ひとりだけ例外がいた。一回だけだが、俺に母の話をした人がいる。

——父親だ。

俺を神社から家に連れて帰ってきた父は、ずっと怖い顔で黙っていた。

「怒られるのかとビクビクしてたんですけど、家に帰ってから俺に言ったんです。母ちゃんのことは、忘れろって……。この、眼鏡を差し出しながら」

意味がわからないまま、眼鏡を受け取った。

そして、父に向かって言った言葉は……。

『なんで急に、死んじゃった人の話するの？』

ショックを受けたような顔をしていたと思う。

なぜそんな顔で俺を見るのか、当時はまったく理解できなかったけれど、今になってようやくわかった。

父に言われるまでもなく、俺がきれいさっぱり母親のことを忘れていたからだ。

そして、他人事のような口ぶりで、死んだ人なんて言ったから。

以降の父は、もともと口数が少なかったのに輪をかけて、無口になった。

「君の父親は、妻の正体を知っていた。そして、おそらく呪にかかっていない。だから、君に母親について言及することができたのだろう。遅かれ早かれ、消えることを知っていた君の両親は、せめて君だけは守ろうとしたんじゃないか？」

「君の母親は、広範囲に術をかけているところから察するに、かなり強い力を持った妖だ。そんな妖でも、自分と我が子、どちらかを選ばなければいけない状況だった。そして、君を選んだ」

「……俺、今も母さんの顔、思い出せないんです」

「だろうな。君にかけられた呪は強力だ」

「今は、アンタのおかげで、普通じゃないとかそういうの、だいぶ気にしなくなったんだけど……眼鏡を取るのはやっぱり怖くて……」

わかっていると、安倍が頷く。

そう、俺は怖いんだ。普通でなくなるのが怖いのだと、ずっと思っていた。

疎外されてきた過去があるから、人の輪から外れるのが嫌なのだと思っていた。

けれど、思い出した過去が、そうではないと言っている。

本当は、自分が失ったものと向き合うのが、怖かっただけなのだ。

「神隠し……それを追いかければ、母さんのこともわかるってことですよね」

「今は、おそらくとしか言えないが」

「それで充分です。俺の失せもの、どうか一緒に探してください」

「狐……」

「俺を？」

安倍が、ゆっくりと深呼吸した。

「僕は、君を利用しようと思っている男だぞ」

「利用……？」

「僕は、陰陽師という立場上、妖に嫌われる。だが、君は……半分は彼ら側の存在だから、警戒されないし、好意的に受け入れられる。こいつは使えると、一目見てそう思った。君を雇ったのは、そんな打算があったからだ」

たまたま立ち寄った店。

そこで、偶然にもアルバイト募集の話を聞いて、俺はなぜか衝動的に自分を売り込んだ。

「君がこの店に来たのは、偶然ではない。縁があったからだ。無意識に求めていたんだ、隠された真実を。……僕は、君のいびつな状態を見て、驚いた。認識を歪めるほどの呪がかけられた半妖が、警戒心もなく陰陽師のいるこの店にやってくるんだからね。妖用の鈴が鳴ってもぼけーっとしているし、……頭が弱いのかと心配したよ」

だけど、俺に邪気がないから、利用しようと考えたと安倍は言った。

「邪魔になるようなら、調伏すればいいいなんて考えていたけれど……どういうわけか、君は僕なんかよりだいぶ人間らしい感情を持った、予想外の存在だった。さっきも言ったと思うが、そんな君に助けられた恩がある、だから手助けをしたい。これは僕の偽りのない気持ちだが……同時に、僕の助けになってほしいというのも、本心だ」

安倍は、まるで大罪を告白するような面持ちで言った。

(長々となにを言うかと思ったら、コイツは。でも、俺も似たようなもんか)

ふたりそろって、改まって顔をつき合わせ、なにを語っているのだと気恥ずかしくなってくるが、こちらも言っておかなくてはいけない。

「そんな、申し訳なさそうな顔で言わないでください。俺は、これでもアンタに感謝してるんですから。——俺が見たものを信じてくれたアンタの手助けくらい、いつだってするさ」

「……君……」

「アンタは、どうですか？　……俺に、協力してくれますか？」

呆けていた安倍は、なにかを堪えるように一度、ぎゅっと唇を引き結んだ。

そして、ゆっくりと大きく頷く。

「言うまでもない——と締めたいところだが、物わかりの悪い君には通じないかもしれないから、一度だけ言っておこう。……当然のことを聞くんじゃない、喜んで力を貸してやる」

「ありがとうございます」

「礼は、無事に依頼を達成した時に言ってくれ。状況が動き出したようだからな」

安倍は、神妙な顔で続けた。

「神隠しは、一筋縄ではいかない。何年も追いかけているのに、尻尾が掴めなかったが、ここ最近状況が変わったんだ」

「また、誰かがいなくなったとかですか？」

俺の母親や赤の両親のように、誰かの家族が消えてしまったのかと不安になった。

「いや、そうではない」

即座に否定され、ほっとする。

誰かが消えたなんて、たとえそれが手がかりに繋がるとしても、後味が悪すぎる。

安心する俺を見て、安倍は「甘い奴め」と苦笑するが、それ以上咎めてこないあたり、コイツも案外同じような考えを持っているんじゃないだろうか？

ただ、続きを口にしたときは、さすがに安倍の表情は引き締まっていた。

「神隠しを仕掛けている奴が、こちらに気づいた」

「こちらって……俺たちにですか？」

「そうだ」

安倍は断定したが、それがどこの誰、あるいはなんなのかまではわからないと、力なくかぶりを振る。

「向こうは、僕が追いかけていると気づいた。あるいは、君が以前隠し損ねた存在だというとに勘づいたか……どちらかだ。明らかに、僕たちを狙って仕掛けてきている。のっぺらぼうや怨霊に堕とされた娘は、その犠牲者だ」

　俺が見た、黒い蛇。

　思い出すだけで気分が悪くなるアレこそが、ふたつの事件を結ぶ証だという。

　のっぺらぼうの時は、苛立っていたクロエさんにヤバイ呪具を売りつけた。

　そして、無害な幽霊だったあの子には……無理やり蛇を押し込んだ。

　胸くそが悪くなるようなことを続けたのは、関連性をアピールするためであり、あの蛇は署名行動だろうと、安倍が嫌悪感もあらわに言い捨てる。

「署名って……あの蛇を、サインのつもりで使ってるってことですか……!?」

「気づいているぞ、退屈しのぎに遊んでやる……そんな、自信と悪意に満ちたメッセージのつもりなのだろう」

「……つまり、俺たちがツルんで行動していれば、向こう側が勝手にちょっかいかけに来てくれるってことですか？」

　ふたつの事件で同じ蛇を目撃すれば、黒幕は同一の存在であると気がつく。当然の成り行きだ。

　問題は、相手側が意図して俺たちに情報を明かしたという点。

　向こうには、余裕があるのだ。

手の内を多少さらしたって、痛くもかゆくもないとあぐらをかけるだけの余裕が。

(だからって、こっちに気づかせるために、わざわざ仕込んだのかよ……!)

神隠しの首謀者とやらは、俺たちが自分という存在を認識した今が、始まりだとでも思っているのだろうか?

史上最悪なまでに自分勝手で悪趣味な、追いかけっこの始まりだと。

「ははっ……」

「狐?」

上等だと、俺は笑い声をこぼした。

なにもわからないで、ただ持ち込まれる依頼に右往左往して……結果、なにもできないまま終わるのは、もう嫌だ。

直々に遊んでやると相手が言っているのなら、この機会をものにするまでだ。

「いいじゃないですか、それ。俺、ただ待ってるのって嫌いなんです」

俺の返答を聞いて、安倍は目を丸くした。

嘘偽りがないか確認するかのように、しげしげと俺を眺め、ついには仕方のない奴めと笑う。

「だが、同感だ。僕も、これ以上、待ちの姿勢ではいられない。向こうから転がってきた手がかりだ、逃すつもりはない。――追いかけよう、君と僕が求める真実を。君が探さなければいけないものも、きっと神隠しの向こう側にある」

安倍が真っ直ぐな視線を向けてくる。

俺は、しっかりと頷いた。

「それじゃあ、その時まで……どうかよろしくお願いします、保明さん」

「なぜ名前で呼ぶ？」

「いや、そんな真顔で問われても……。こういう時って、名前で呼びません？　一応俺たち、友人……な感じですよね？」

俺的には、かなり友情を感じたやりとりだと思ったのだが、安倍からは不可解そうな顔をされた挙げ句、首をかしげられてしまう。

「狐、一応念のために、確認しておきたい。僕たちは、友人だったのか？」

直前まで漂っていた真剣な雰囲気が、一気に霧散した。

「……え？　そういうこと、普通面と向かって聞きます？」

あんまりな言いかたじゃないだろうか？

歩み寄ろうとする俺の心を、抉るような無神経発言だ。

だが、安倍保明という男の人となりを思い出し、もしやと口を開いた。

「今の発言、とらえかたによっては、嫌味かと思いますけど……実は素で言ってますよね？　純粋な疑問として聞いているんですよね？」

「疑問以外に、なにがあると言うんだ」

バカげた質問を耳にしたときのように、安倍が呆れたような顔をする。

だが、そんな顔をしたいのは俺の方だ。

「嫌味にしか聞こえねーから、こうして、わざわざ聞き返してるんですよ！」

人がせっかく忠告してやったというのに、安倍は鼻を鳴らした。

少しも反省する素振りがない。さすが、我が道を行くオーナー様だ。

「聞き手である君が理解できているのなら、問題ないじゃないか」

「……アンタ友達いないな、絶対いねーわコレ」

既視感のあるやりとりだったが、安倍の答えは以前と違った。

「失礼な。友人くらい、いるぞ」

自信満々の返答に面食らうと、してやったりという顔で奴が続ける。

「たった今、できた」

その視線の先には、俺しかいない。

「……俺？」

視線がぶつかった。黙っているのも変なので、俺がおずおずと自分を指さすと、安倍は「ふん」と尊大に腕を組む。

「なんだ狐、違うのか？」

「いや、違いませんけど……」

「なら、いいじゃないか。これから……いや、これからも、よろしく頼む、狐！」

いつも目にしていた笑い方とはまったく違う、遊び相手を見つけた腕白《わんぱく》坊主のような笑顔を向けられる。

偉そうで、人の気持ちを察するのがかなり下手くそな不器用男から、晴れて友達認定された俺は、つられて笑いながらも、ひとつだけ訂正しなければいけないと首を横に振った。

「狐じゃありません、小太郎です。俺の名前は、稲成小太郎だって何回も言ってるはずですよ。いい加減覚えてください、保明さん」

「僕を誰だと思っている。君の名前くらい、覚えているに決まっているだろう、狐」

「結局、狐呼びですか……まあ、いいけど」

仕方がないと笑えるくらいには、この人に慣れた。

たぶん、この人も同じだ。

俺がバカなことを言いだしても、仕方ない奴だと苦笑いできるくらいには、慣れてくれたのだろう。

——嘘に塗《まみ》れた俺が、失った真実。

それを探す日々は、こうして茶房『春夏冬』のボックス席で幕を開けた。

俺が、なくしたものを探しあてる日はまだ遠いが……一緒に追いかけてくれる存在ができたことは、なによりも心強かった。

（きっといつか、見つけてみせる）

記憶に残る、顔が夕日に塗りつぶされ思い出せない母に向かって、俺はそう呼びかけた。

終

店の裏口から外に出れば、夏の太陽が上からさんさんと降り注ぎ、下からはアスファルトの照り返しが突き上げてくる、最悪な状態だった。

たった今外に出てきたばかりなのに、額にじわりと汗が浮かぶ。

俺は、安倍と話す前にすげなく切ってしまった実家の電話番号を開いた。

そのまま数十秒間スマホの画面を睨んでいたが、汗がぽたりと地面に落ちたのを皮切りに、意を決して通話を押す。

――トゥルルル、トゥルルル。

耳に当てたスマホを通して、呼び出し音が聞こえる。

コールが一回、二回と増えていく。

だんだんと気持ちがざわついて、落ち着かない。

（十回だ）

十回鳴らして出なかったら、もう切ろう。どうせ機械に疎《うと》い祖母は、留守電設定なんてしていないだろうし。

そう決めて、数を数える。

（……七、八、九……）

あと一回というところで、コール音が途切れた。

『はい、稲成です』

電子音に取って代わったのは、低くこもった無愛想な声。

『……もしもし？　もしもし、どちら様ですか？』

「……っ……」

まさかこの人が電話に出るとは思わなかったので、俺は一瞬頭が真っ白になり、言葉を失った。

『もしもし？』

向こう側にいる相手は、いたずら電話だと思ったのだろう、もともと低かった声に苛立ちが加わったのがわかる。

「……ぁ、あの……父さん……」

『………』

呼びかけると、ぴたりと向こうが沈黙した。

呼吸音ひとつすら聞こえてこない、緊張を感じる沈黙だった。

だが、緊張しているのは俺も同じだ。父の声を聞くのは、ずいぶん久しぶりなのだから。

なにせ、頻繁に連絡を取りあうような家族ではない。たぶん、お互いに避けていたからだ。

俺は昔、眼鏡を差し出された時に見てしまった父の表情に、なんとなく罪悪感めいたものを感じて、顔を直視できなくなった。父はそんな俺に関わろうという気を見せなかった。

バカみたいに緊張するのは、きっと今まで避けていたツケに違いない。

自業自得だが、このままどう会話を続けたらいいのかわからない。

「……っ」

けれど、お互い黙ったままでは、埒《らち》があかない。

電話をかけた手前、俺の方がなにか話しかけなくてはいけないだろう。

「……俺、ですけど……」

だが、結局うまい話題は思いつかなかった。これでは、詐欺電話だ。このまま、無言で電話を切られても文句は言えない。

『……小太郎か？』

やってしまったと手が震えていた俺だったが、耳に押し当てていたスマホから、いぶかしげな声が返ってきた。

「……はい」

『…………』

「…………」

俺が返事をすると、父はまた沈黙した。

そのまま切られるかと思いきや、通話はまだ繫がっている。
「……父さん、あの……」
『……どうした？　金でも尽きたか？』
向こうからの最初の質問は、金の無心の疑いだった。
（そりゃあ、そうか……）
離れて暮らしている息子が、わざわざ電話をかけてきた理由としては妥当だろう。
ただ金には困っていないので、疑いは晴らさなければいけない。
「いや、金は大丈夫。あの、そうじゃなくてな……」
『したら……なんだ？　体でも壊したか？』
金ではないとわかったら、今度は病気して気弱になっているとでも思われたのか。
これではいつまでも本題に入れないと思い、一度強く否定した。
「それも大丈夫だから！」
『………………』
向こう側は、また沈黙した。
怒らせたかと思ったが、電話はまだ繫がっている。今なら話せるかもしれないと、
俺は自分から電話をかけた本当の目的について話をした。
「あのな、父さん。俺、今年の夏休みもそっちに帰らないって、ばーちゃんに言った

けど……」

『……おう、さっき聞いた』

無愛想な答えが返ってきた。

父にはまだ自分と会話する気があるのだとわかって、少しだけ安心する。

この話には続きがあるのだ。俺は、それを言わなければいけない。

スマホを持つ手に、汗が滲む。暑さだけのせいではない、緊張しているせいだ。

意を決して息を吸い込む。

「けど……やっぱり、一回ちゃんと帰ろうかと思ってるんだ」

『……………』

暑さの中、刺すような沈黙が流れた。

風が一瞬だけ吹くが、気温が高いせいかむわっとした熱風で、ちっとも涼しくない。

こめかみから汗が伝い、ぽたっと地面に落ちた。

その間、通話中であるはずの相手からは、なんの反応もない。

もしかしたら、父は帰ってきてほしくないのかもしれない。むしろ、顔も見たくないと思っている可能性もある。

（この電話すら、面倒だと思っていたらどうしよう）

互いに不干渉だった親子仲を思い出し、自分の行動を後悔した。

「ごめん。変なこと言った……やっぱ──」

バカな思いつきを取り消そうとした時だ。

『いつだ？』

「……え？」

『いつ帰ってくる？』

気忙しくなった父の声が届く。

『もしもし、小太郎？　聞いてるか、小太郎？　小太郎？』

焦れたように何度も名前を呼ばれ、俺は見えもしないのに、うんと頷いた。

「……ちゃんと聞いてる」

『おう。……したら、いつにするんだ？　市の駅まで来られるなら、あとは迎えに行ってやるから』

「いや、それなら電車があるから、いいよ」

『ならね。都会はしらんが、田舎の電車は数時間単位で間が開くぞ、そしたらお前、面倒になってやっぱし帰らねって言いだすべ』

だから、迎えに行ってやると続いた、ぶっきらぼうな父の言葉。

「どんだけ横着だと思ってるんだ」

言い返せば、お前のことだからわからんと、あしらわれてしまう。

「あのな、父さん。帰ったら……母さんの話、聞かせてほしい」

どういう反応が返ってくるか予想できなくて、俺は緊張をごまかすようにツバを飲み込んだ。

『……おう、いいぞ。んだば、とっとと帰ってこい』

スマホから聞こえたのは、肯定の返事。

子どもの頃「忘れろ」と言った人だ。いい返事は期待できないかもしれないと考えていたけれど、電話越しでもわかるほど、父の声は嬉しそうだ。

(父さんは、母さんのこと覚えてる。それならどうして、俺に忘れろって言ったんだ? 俺を、守るためだったのか?)

父は、俺が母を「死んだ」と言った瞬間、とても傷ついた顔をした。忘れろと言いながら、本当は忘れてほしくなかったのだ。

忘れてくれるなと言いたかったけれど、子どもを守るために父もまた嘘をついた。

自分だけが妻を覚えているという異常な状況に身を置いて、口を閉ざす以外方法がなかったのかもしれない。

『待ってっからな』

「――うん」

結局、気の利いた言葉は出てこなくて、俺はまた見えもしないのに頷いた。

「じゃあ、また連絡する」

耳からスマホを離して通話を終了する。

「はぁー……！」

途端、どっと疲労が押し寄せてきて、その場にしゃがみ込んだ。

「……狐？　なんだ、貧血か？」

再び紙袋を持って現れた安倍は、裏口の前でしゃがんでいる俺を見て怪訝そうな顔をする。

「違います。今、実家に電話してたところです」

「ああ。嘘をついてまで帰りたくない田舎か」

「……帰ることにした」

俺の返答に、安倍は面白そうに唇の両端と片眉を持ち上げた。

「へえ……」

「なんですか、その顔」

「いや。君は、いつも僕に新鮮な驚きを与えてくれる……そう思ってな」

きっと安倍の予想では、俺は帰らない選択を押し通す予定だったんだろう。

けど、残念だったな。

「半分以上、アンタのせいだから」

「俺の考えを変えたのはアンタだから、自分で自分の予想をひっくり返したってことだろ――前と、同じだ」

探し屋のことを教えてほしいと頼んだ時も、安倍は驚いていた。

けれど、考えてみればいつだって、俺が踏み出す機会を作っているのは、コイツなのだ。

「いつだって、アンタがきっかけをくれるんです」

「………………」

それを伝えてやると、安倍は目を丸くして、ぱちぱちと数回瞬きをする。

でもまだ信じられないのか、「僕が？」と俺に再確認してきた。

「はい。アンタです」

「………………」

「自分の予想をひっくり返した気分はどうですか？　悔しいですか？」

「底意地の悪い顔で聞くんじゃない、狐。だが、そうだな……。なんだか、妙に清々しいな」

からっと晴れた今日の空のように、安倍が笑う。

自分に知らないことはないと豪語するくせに、実は予想しない方向に話が転がるのが大好きらしい。

　血の通った人間らしい反応に、俺もつられて笑った。

「母さんのこと、少しだけ思い出せたんだ……父さんに、いろいろ聞きたいと思って」

「ああ、いいんじゃないか。帰る場所があるなら、帰るべきだ」

「…………」

　俺の帰省を、穏やかな顔で喜ぶ安倍。その言葉に、少しだけ引っかかりを感じる。

「なんにもない田舎だけど……暇ならアンタも一緒に来ますか？」

　所在なく立つ安倍に、気がつけばそんな誘いをかけていた。

　奴は、また目を丸くして驚く。

「いや、別に忙しいならいいんです。ただ、ほら、一緒に話を聞けばもしかしたら神隠しの手がかりも得られるかもって思っただけで……。赤の両親だって、神隠しっぽいんですよね？　だったら、早く解決してやりたいし。でも俺だけだと、なにも気がつかないでスルーしそうで……。その点、保明さんは専門家だから」

「…………」

　誰も好き好んで田舎、それも他人の家になんて行きたがらないだろう。バカなことを言ってしまったと、俺は慌てて言い訳を並べた。

　色素の薄い目が、挙動不審な俺をとらえる。

「よく覚えていたな。自分のことだけで手一杯だろうに、本当に甘い男だよ」

「アンタが普段塩対応だから、俺は甘いくらいでちょうどいいんです」

常日頃から言われているからかいに、初めて反論してやれば、奴はぶはっと噴き出した。

「な、ど、どうしたんすか……？」

「き、君は……君は本当に……！」

腹を抱えて笑いだす安倍。

これはいつぞや見た光景だ。

「──本当に、僕の考えをことごとく上回ってくれる男だよ！」

「アンタの、笑いのツボがさっぱりなんですけど!?」

「ははは！」

心底楽しげな声が、雲ひとつない夏の空に響き渡った──。

完

あとがき

はじめまして、真山 空と申します。

この本をお手にとっていただき、ありがとうございます。

このたび、初めて書籍化という機会をいただいた本作は、もともと小説投稿サイトにあげている作品でして、ほっこり感や癒やし感よりも、薄暗さのほうが目につくお話でした。

なにを隠そう、わたくし真山は根暗。そして、根暗な真山には根暗なものしか書けないという、困った癖があったのです。

ところが、いざ蓋を開けてみると、担当してくださった飯塚様と須川様のご指導のおかげで、そこかしこから漂っていた根暗成分がだいぶ薄くなっておりました。かわりに、不足していたほのぼの癒やし成分が大幅に増量という、大成功な変身を遂げたのです。

こうして、巻き込まれ系主人公小太郎と傍若無人な相棒・安倍、そして癒やし担当の赤という珍妙な三人組の物語ができあがりました。ぜひとも、楽しんで読んでいただきたいです。

最後になりましたが、ネットの片隅に埋まっていた本作を見つけてくださった飯塚様、よりよい作品にするために的確なアドバイスを下さった須川様、そしてスターツ出版文庫の皆様、イラストレーター様、この本に携わったすべての方に、お礼を申し上げます。本当に、ありがとうございました。

そして、あとがきの最後までお付き合いくださった皆様、ここまで読んでくださり、どうもありがとうございます。

本作が少しでも心に残れば、作者として、この上ない喜びです。

二〇一九年十月　真山 空

この物語はフィクションです。実在の人物、団体等とは一切関係がありません。

真山 空先生へのファンレターのあて先
〒104-0031　東京都中央区京橋1-3-1　八重洲口大栄ビル7F
スターツ出版（株）　書籍編集部 気付
真山 空先生

探し屋・安倍保明の妖しい事件簿

2019年10月28日　初版第1刷発行

著　者　　真山 空　

発 行 人　菊地修一
デザイン　カバー　長﨑綾（next door design）
　　　　　フォーマット　西村弘美
発 行 所　スターツ出版株式会社
　　　　　〒104-0031
　　　　　東京都中央区京橋1-3-1　八重洲口大栄ビル7F
　　　　　出版マーケティンググループ　TEL 03-6202-0386
　　　　　（ご注文等に関するお問い合わせ）
　　　　　URL　https://starts-pub.jp/
印 刷 所　大日本印刷株式会社

Printed in Japan

ISBN　978-4-8137-0775-2　C0193